畑で迷子の幼女を保護したらドリアードだった。

～野菜づくりと動画配信でスローライフを目指します～

著＝k-ing

illust.＝π猫R

TOブックス

CONTENTS

ILLUSTRATION —— n猫R
DESIGN —— AFTERGLOW

第一章

畑の日記ちゃんねる開設しました

一．配信者、実家に帰る

これで何度目だろうか。

俺は上司の指示通りに働いていたはずだ。

それなのに生産者からのクレームの電話が鳴り止まない。

食品の卸売業者に勤めている俺は社畜奴隷のように働いていた。

「おい、森田くん聞いているのか？」

「はい」

寝不足の俺はどうやら意識が飛んでいたようだ。

今日も上司とともに社長に呼び出されている。

「それで今回も阿保《あぼ》くんのおかげでどうにかなったんだろ？」

「やはり部下の尻拭いをするのが上司の役目ですからね」

間違っていると言っても、聞く耳を持たない上司。

最終的にはその後始末も俺がやることになる。

さっきまで生産者に謝罪のために頭を下げに行っていた。

その足で直接本社に来ている。

何日寝ていないのだろうか……。

仕事をいつ休んだのかも記憶にない。

ずっと働き詰めで、次第に俺のミスなのかも判断できなくなっていた。

「それで森田くんはいつ責任をとるんだ？」

突然聞こえてきた言葉に頭の中がひやりと冷えた。

田舎から出てきて、やっと就職できた俺にはここでしか働く場所がない。

資格もなければ、学歴も業績もない。

ここでしがみつくしか道はないのだ。

「もう少し頑張らせてください！」

俺は急いで頭を下げる。

プライドなんてとうの昔に捨てている。

とにかく頭を下げるしかない。

「それは聞き飽きたよ。君の謝罪はトイレに行っておしっこをするようなものと一緒だろ？」

「さすが社長！　その例えわかりやすくて最高ですね」

今日も媚を売る上司に反吐が出る。

ゲラゲラと笑う二人に嫌悪感ばかり感じる。それでも生活のためには頭を下げるしかない。

「そこを何とか――」

部屋中に冷たい空気が流れてくる。

さっきまでの笑い声は消えていた。

何かで叩かれ、頭に衝撃が走る。

顔を上げると社長は紙の束を丸めて叩いていた。

「その痛みは今まで君がミスして庇ってくれた阿保くんの痛みだよ。これは彼がまとめたものだ」

どうやら俺が今までミスしたものをまとめた資料らしい。

紙を手渡された俺は書いてあることに驚愕する。

品質管理の不備や価格設定のミス。

読み進めていくと、たくさんの出来事が書かれていた。だが、どれも俺のミスではなく、上司の指示通りに動いた案件のミスばかりだった。

全て俺が上司の指示を無視して、勝手に行動したとそこには書かれていた。そして、その処理も全て上司が対応したことになっている。

「阿保くんもこんな使えない部下を持って大変だね」

「いえいえ、私が愛する会社のために選んだ人ですから。きっと彼も成長して立派な花になると思い、私も頑張ってました」

ここまできてやっと気づくことができた。

会社は簡単に俺を解雇できないため、自己都合退職を促しているのだろう。そして、俺は上司の踏み台のために存在している。

寝不足と度重なる疲労、精神的な苦痛により判断能力が落ちていた。

それでも、ここにいてはいけないと俺の本能が訴えかけている。

「今までお世話になりました」

思考が働かない頭を使って、最後は捨てたはずの自分のプライドを守ることにした。

あんな奴らのためにプライドを捨てた俺は馬鹿だった。

次の日には荷物をまとめて会社の寮を出る準備を始める。

辞めることになったら、今までなぜこの会社にしがみついていたのかもわからない。

蝕《むしば》まれた心は田舎に住む祖父母を求めていた。

俺は小さい頃から祖父母に育てられた。

あの頃はコンビニや遊ぶところもなく、あるのは大自然だけ。

何もないあの田舎に嫌気がさして家を出た。

その考えを祖父母は何も言わずに受け止めてくれた。だから、勝手だが今回も突然帰っても受け止めてくれると思っている。

荷物をまとめ終わった俺は実家に帰るために祖母に電話をかける。

耳元で聞こえるのは呼び出しのコール音。

忙しすぎて電話をかけるのも久しぶりだ。

いつもならすぐに出るはずの祖母が中々電話に出ない。

「今日は忙しいのかな？」

一度電話を切り、しばらく待っているとスマホの音が部屋に鳴り響く。

「突然どうしたの？」

聞こえてくる声に俺は鼻水を啜《すす》る。

久しぶりに聞いた祖母の声に涙が溢れ出しそうになるのを必死に堪える。

働き始めた頃は定期的に連絡をしていたが、いつのまにか忙しくて電話をかける体力も残っていなかった。

時折ある休みは、毎日死体のように寝て過ごすのが日課になっていた。

俺は今まであったことを祖母に話すことにした。

「直樹は頑張ってたんだね」

この言葉をずっと聞きたかったのだろう。

ここまで心が蝕まれて辛かったんだと、やっと知ることができた。

「だからそっちに帰ろうと――」

「今は帰ってこない方がいいわ。そのままそっちで暮らしなさい」

しかし、返ってきた言葉は俺が求めていたものとは違う。

俺は昔のように受け止めてもらえると思っていた。

「紀香から電話か――」

「おじいさんはちょっと静かにしてて」

電話越しに聞こえてくるのは祖父の声だった。

紀香は亡くなった俺の母親だ。

亡くなった母が電話をかけてくることはないのに、祖父は何を言っているのだろう。

「忙しいからまた何かあったら電話ちょうだいね」

「いや、でも――」

耳元から聞こえてくるのは、電話を切った時に聞こえる通話終了音だけだった。

この時期は野菜の収穫もあるため、相当忙しいから急いで電話を切ったのだろう。

だが、忙しいなら尚更俺にできることもあるはずだ。帰って手伝う方が良いだろう。

俺は祖母の忠告を聞かずに、次の日に実家へ帰った。


実家は電車とバスを乗り継いで、やっと着く田舎の奥の方にある。

バスは数時間に一本しか出ていないため、乗り遅れるといつ着くのかもわからない。

人が住んでいるのかわからないほどの奥地に祖父母は住んでいた。

「ここに帰ってくるのも何年ぶりだろうか」

見慣れた光景が懐かしく感じる。

暖かい陽を浴びながらバスを待っていると、突然声をかけられた。

「ひょっとして直樹じゃないか？」

軽トラックに乗ったおじさんが声をかけてきた。

頭にタオルを巻いてくしゃくしゃな顔で笑う。

俺はそんなおじさんの姿に見覚えがあった。

「えーっと、養鶏場の――」

「小嶋だよ！　いつのまにか大人になったんだな」

少し離れたところに住んでいる小嶋養鶏場のおじさんだ。

あの鶏の鳴き声にいつも早起きさせられていたのが懐かしい。

「今から帰るところか？」

「ええ、実家にしばらく帰ろうかと思いまして……」

「なら送って行くぞ！　バスもまだまだ来ないだろうしな」

断ろうとしたがすでに扉を開けておじさんは待っている。

昔の俺はどこかこの距離感を苦手に感じていた。

何をするのにも知り合いの視線を感じ、常に見張られている気がしていた。

都会に出たら友達がいなかった俺には頼れる人がいなかった。風邪をひいても助けてくれる人もいなければ、優しい上司や部下もいない。

過干渉が田舎を離れるきっかけの一つにもなったのに、今となっては嬉しく感じてしまう。

今思えば俺が都会に求めていた生活はなんだったのだろうか。

軽トラックに乗り込むと、おじさんはいつものように一人で話し出す。

話好きなのは昔から変わりないようだ。

「そういえば、じいちゃんは大丈夫か？」

「じいちゃんですか？」

「じいちゃんの世話で、ばあちゃんが大変そうだもんな」

祖父は昔から頑固な人だった。

きっと俺がいなくなってから、以前よりわがままになったのだろう。

俺は話を合わせてとりあえず頷くことにした。

しばらくすると遠くに家が見えてきた。

「おじさんここで大丈夫だよ」

「家まで送らなくてもいいか？」
おじさんの家から実家までもかなりの距離がある。
久しぶりにおじさんの家から歩いて帰るのも楽しみの一つになるだろう。
俺はおじさんにお礼を伝えて遠くにポツンと見える一軒家を目指す。
久しぶりに古びた家を見ると、子供の頃に戻った気持ちになる。
古くても俺にとっては思い出の場所。
よく祖父と虫取り網や釣り竿を持って出かけたのを思い出し微笑む。
あの当時は何をするのも楽しかったが、大きくなるとそんな気持ちもなくなっていた。
また同じように祖父を誘って、釣りに行くのも良いだろう。
俺はそんなことを思いながら玄関の扉を開けた。
「ただいま！」
扉を開けた瞬間、現実世界に戻されるような異臭を感じた。
どこか公園のトイレのような臭いが鼻を突き抜ける。
玄関にはゴミが散らばっていた。
綺麗好きな祖母が掃除をサボっていたのだろうか。
住んでいた時とは違う家の様子に俺は困惑する。
扉を開ける音に反応したのか、奥から走ってくる足音が聞こえてきた。
どうやら俺が帰ってきたことに気づいたようだ。
「紀香か⁉」

出てきたのはパンツを穿いていない祖父だった。

その後ろにはパンツを持って必死に追いかける祖母の姿。

「直樹……」

祖母は俺の姿を見て戸惑っていた。

俺も二人の姿に開いた口が塞がらない。

何も感じていないのはきっと祖父だけだろう。

「あれ？　紀香じゃないのか。直樹、お母さんは？」

その言葉でさっき聞いたおじさんの話が別のことを指していたのだと気づく。

探索者だった母親は俺が小さい頃に、ダンジョンで亡くなっている。だから母親が帰ってくることはない。

——認知症。

頭に浮かぶその言葉達を処理できずに呑み込めないでいた。

「直樹、お母さんはどうしたんだ？」

祖父は俺の肩を強く掴む。

まだ俺のことを子供だと思っているのだろう。

「母さんはまだダンジョンに働きに行っているから帰ってこないよ」

優しく微笑むと祖父はゆっくりと手を離した。

帰ってこないと聞いた祖父はどこか寂しそうな顔をしていた。

「ダンジョンってなんだ？」

祖父は何か考えようとしているが、何も出てこないようだ。

「それよりもパンツを穿かないと風邪ひくよ？」

祖母が帰ってこない方が良いって言っていたのはこのことなんだろう。

まさか祖父にパンツを穿かせる時が来るとは思いもしなかった。

祖父は渋々パンツを受け取ると、祖父に穿かせた。

きっと祖母は俺に黙りながらも、認知症になった祖父の面倒を見ていたのだろう。

――老々介護。

少子化で子どもが少ないこの時代には珍しくない言葉だ。

認知症と関わったことがない俺はどうすれば良いのかこの現状を処理できないでいた。

ただ、俺にもできることは残っていた。

「直樹ごめ――」

「ばあちゃんただいま！」

俺は靴を脱いで立っている祖母を抱きしめる。

俺より少し小さかった祖母の体がさらに小さく感じる。

伸びていた背中はいつのまにか曲がっていた。

祖母も一人で頑張っていたのだろう。

それなのにさっきまで俺ばかり辛い思いをしていると思っていた。

「おかえり」

祖母は震える手で俺を抱きしめていた。

家を出てから数年間しか経っていないのに、俺達の家族は変わっていた。


「ちょっと外に行ってくるね」

少しずつ冷静になった俺は荷物を置いて、ある場所に向かった。

それは祖父母がやっていた畑だ。

俺の祖父母は生産者として様々な野菜を作っている。

その影響だったのか、俺も無意識に食品の卸売業者で働いていた。

いつも通っていた畑まで歩いて向かう。

「えっ……これがあの畑なのか？」

荒れ果てた土に伸び切った雑草。

畑の縁にはそのまま放置された道具達。

俺の記憶にある畑ではなくなっていた。

家に帰ってくる時は畑が見えない道を通ってきたため、畑が無惨な姿になっていたことに気づかなかった。

畑仕事を手伝おうと考えていたのだが、荒れ果てた畑を見るとそれも難しいと感じてしまう。

「いやあああ！」

時の流れにショックを感じていると誰かの叫び声が聞こえてきた。

近くにあった鍬《くわ》を咄嗟に持ち、周囲を警戒する。

山が近くにあるため、獣が下りてくることは小さい時から稀にあった。

声がした方へ急いで向かうと、傷だらけの小さな女の子が犬に襲われていた。

野犬はあまり見たことなかったが、熊ではないなら森に返すのは簡単だろう。

雑草を足に絡ませながらも必死に走る。

「うおおおおお！」

俺の声に犬は反応して振り返った。だが、あれは犬じゃなかった。

犬なら目は二つのはずだ。しかし、目の前にいる犬の額にはもう一つ目が存在していた。

「あれが魔物か」

昔両親から聞いていたことを思い出す。

ダンジョンには犬に似た魔物がいる。

見た目は普通の犬と変わらないが、敵を捕食する時には額にもう一つの目が出てくると。

あの当時は見た目が犬なら可愛いねって言っていた記憶がある。

実際目の当たりにすると、不気味で気持ち悪い。

初めて見た魔物に俺は足がすくんでしまう。

俺よりも目の前にいる女の子の方が、美味しそうと思ったのだろう。

よだれを垂らして彼女を食べようとしていた。

急いで彼女の元へ走るが、すくんだ足は何かに躓《つまず》いた。

普通であれば畑にあるはずのない拳サイズの石だった。

それだけ畑の手入れをしていないという証拠だろう。

俺は咄嗟に石を持ち、魔物に向かって投げる。
『キャン！』
見事に石は当たった。
魔物でも鳴き声は犬に似ているようだ。
彼女は食べられずに済んだものの、魔物は俺を完全に敵だと認識した。
大きく吠えながらこっちに向かって走ってくる。
獰猛《どうもう》な顔が少しずつ近づく。
俺が鍬を構えていると、魔物は勢いよく目の前で転んだ。
足元には絡まった雑草。
長く伸びた雑草に足が引っかかっていた。
魔物であれば山に返しても、他の動物達が死んでしまうかもしれない。
チャンスだと思った俺は勢いよく、魔物の顔を目掛けて何度も鍬を振り下ろす。
次第に魔物は動かなくなった。
どうやら魔物を倒したようだ。
俺は鍬を置いて急いで女の子の方へ向かう。
少し緑がかった黒髪に、花の髪飾りをつけた幼女がにこやかに笑っていた。
無事だったことに安堵して、俺はその場で力尽き座り込んでしまう。
「大丈夫だったか？」
女の子に声をかけるとどこか嬉しそうだ。

あれだけ怖い目にあったのに、全く泣いてもいない。将来は強い子になるだろう。

「パパ？」

どこかに父親がいるのかと思ったが、どこにも父親らしい人物はいない。

「パパはどこだ？」

「パパ！」

女の子は俺の方を指さしていた。

後ろを振り向くが誰もいない。

「俺がパパか？」

俺の言葉を肯定するように頷く。

あれ？

俺はいつの間にこの子の父親になったのだろう。

田舎育ちで都会でも友達がいない俺はそういう経験もない。

戸惑っている俺に女の子は抱きついてきた。

傷ついた小さな体は震えている。

今まで頑張って泣かないように耐えていたのだろう。

抱きかかえると弾けるように泣き出した。

「よく頑張ったね」

俺も聞きたかった言葉を彼女に伝える。

こんな小さな体でも頑張っている。

世の中生きているだけで、みんな頑張っているんだ。

しばらく待っていると彼女は泣き止んだ。

迷子になっているなら、どこから来たのか分かれば近くまで送り届けることができるだろう。

きっと今頃両親も捜しているはず。

「君はどこから来たの？」

俺の問いに彼女は畑の奥を指さす。

そっちには山しかなかったはずだ。

「本当にあっちで合っているのか？」

彼女は小さく頷いた。山から来た謎の女の子。

俺が都会に出た間に新しい家が出来たのかもしれない。

再び迷子にならないように、そのまま抱きかかえて言われた通りに向かう。

太陽に照らされた彼女の髪がどこか緑色に見えるのはなんでだろう。

それに外にいるのに裸足で歩いていた。

「ここに住んでいたのか？」

着いた先に家はなかった。

あるのは大きな穴のみだ。

小さく頷く彼女に俺はある言葉が頭をよぎった。

――ダンジョン。

それは探索者である両親が亡くなったと聞いたところだ。

ダンジョンにはたくさんの鉱石や資材、食料が眠っていると言われている。

実際、さっき倒した魔物も電気を作る材料になる魔石というエネルギーの素を持っている。

ダンジョンで魔物を倒して、魔石を生活の収入源にする人達を世間では探索者と言うようになった。

出生率が下がり、生産業の後継者が少なくなったことでダンジョンの価値が改めて見直され、探索者は重宝されるようになった。

今では探索者が子どもの人気職業になるぐらいだ。

「君は本当に人間？」

ダンジョンに住むこの幼女は本当に人間なのかと疑問に思ってしまう。

ほぼ人間の見た目をしている幼女は首を傾げていた。

まだ言葉がよくわからないのだろうか。

俺はゆっくりと幼女と共にダンジョンに入っていく。

「やーやー！」

「帰らないのか？」

幼女は服を掴み必死に俺がダンジョンに入らないように抵抗している。

その力で幼女がただの子どもではないことに気づいた。

大人の俺が足の一歩も出せないのだ。

成人男性の中で俺はそこまで小さい方ではない。

体格は大きくないが、身長は一七五センチメートル以上ある。

「やーやー！」

また泣き出しそうになる幼女を優しく撫でる。

そろそろ夕日も沈み夜になるだろう。

あまりにも震えている幼女が可哀想に思えてきた。

「一緒に家に帰るか？」

「かえりゅ！」

少し舌足らずなところに幼さを感じる。

見た目はまだ園児ぐらいだろうか。

どこから来たのかわからない幼女を家に連れて帰ることにした。


「ばあちゃんただいま！」

玄関を開けるとやはり誰も出てこなかった。

祖母は祖父の介護で大変なんだろう。

「タオルを持ってくるから待ってて」

素足で泥だらけでは家の中に入れないため、上り框《かまち》に座って待ってもらう。

洗面台でタオルをお湯で濡らし、持って行くと祖父と幼女が楽しそうに話していた。

「お家はどこなんだ？」

「パパ！」

俺を見るとそのまま家の中に入ってきそうになった。

すぐに駆け寄り足を急いで拭く。

「あひゃひゃひゃ」

くすぐったいのか幼女は笑っていた。

「直樹はいつ子どもができたんだ？」

「いや、ひろ――」

さすがに拾ってきたといえば、認知症の祖父はさらに混乱するだろう。

いや、認知症じゃなくても幼女を誘拐してきたように思うだろう。

「ちょっと色々あってね」

「そうか。曾孫の顔が見れてよかったよ。それで紀香はどこに行ったんだ？」

俺が子どもを連れて来たことに関しては疑問に思わないようだ。

それよりも母親は帰ってこないと伝えたばかりなのにもう忘れている。

俺が思っていたよりも認知症は悪化しているようだ。

「名前はなんて言うんだ？」

「んー」

何を聞かれているのか理解できていないのだろう。

自分の子どもでもないため、俺も名前がわかるはずがない。

幼女を見ると、彼女もまた目を合わせて首を傾げていた。

「な！　ま！　え！」

「ドリ！」

やっと言っていることが理解できたのだろう。

幼女は自分の名前をドリと言っていた。

「ばあさんがご飯を作ってるから、ドリちゃんも一緒に食べようか」

「じいじ！」

ドリに呼ばれて嬉しそうに祖父は手を引っ張っていく。

どこかその姿が昔の俺と被る。

やっと元気そうな祖父の顔を見れて、俺は少し安心した。

「あら、おか……紀香？」

祖母はドリの姿を見て時が止まったように固まる。

「ばあちゃんどうしたの？」

祖母まで一瞬認知症になったのかと思ってしまった。

「いや、ひょっとしておじいさんが誘拐でもしたのかと」

ついその言葉に俺はビクッとなってしまった。

隠し事はできないと思い、ドリと出会ったことを説明する。

魔物に襲われていたこと。

助けて一緒に帰ろうとしたらダンジョンに住んでいたのかもしれないってこと。

ちゃんと説明しないと誘拐したのではないかと俺まで疑われてしまう。

「とりあえずわかったわ。それにまずはダンジョンができたことを役所に連絡しないといけないね」

ダンジョンを発見したら基本的には地方自治体か行政機関に連絡をすることで、ダンジョンの調査がされる。

その結果、国の管理になるのかダンジョンを閉じるのか決まるらしい。

詳しい話はわからないが、そのまま放っておくと今日みたいに魔物が外にたくさん出てきてしまう。

ドリもその一人なのかもしれない。

しかし、魔物に襲われていたのは何か理由があるのだろうか。

「パパ！」

「ほらほら、ドリちゃんも呼んでいるから直樹も座りなさい」

祖父に呼ばれて昔懐かしい座布団に座る。

みんなでご飯を食べるのはいつ振りだろうか。

テーブルに出された数々の料理に涙が出そうになる。

大好きな肉じゃがに、ひじきの煮物。

どれも昔から変わらない祖母の味だった。


次の日、ダンジョンについて役所に連絡するとすぐに対応してもらえることになった。

俺はダンジョンの入り口に迷子の幼女を預かっていますと張り紙だけ書いておいた。

ひょっとしたらまだ帰ってくるのを待って、捜索願を出すか迷っているのかもしれない。

ダンジョンを秘密基地みたいにして遊んでいた可能性もあるため、勝手に俺の判断でどこまで動いて良いのかわからない。

警察署に届けても嫌がるドリが暴れ出したら、大変な思いをするのはドリになるだろう。

ただ、ドリが一番幸せだと思うことを選択していけば良いのは俺でもわかる。

「パパ！」

ドリは走って俺を呼びにきた。きっと朝食ができたのだろう。

あれから祖父はドリを我が子のように可愛がっている。

あまりにもかまうから、ドリが逃げて祖母に寄っていくぐらいだ。

その時の祖父の顔を見るとついつい笑ってしまう。

認知症である祖父の良い刺激になっているのだろう。

「直樹はこっちに帰ってきて何をするつもりなの？」

祖母から今後のことについて聞かれた。

元々ここの畑を手伝い、そのまま後継者になろうとしたがその畑すらなくなっていた。

「貯金はあるから、畑でもやってみようかな」

社畜のため給料を使う機会すらなく、貯金は結構ある。

畑をやるにも道具は揃っているため、生活資金だけあればどうにかなるだろう。

一年分の貯金を切り崩して、それでも難しいなら再転職を考えることにした。

「畑をやるのか？　よし、わしが一緒にやってやろう」

「おじいさん無理はしちゃだめよ」

「何言ってんだ！　ドリちゃんに良いところを見せないととととと――」

急に立ち上がった祖父は転びそうになる。

危ないと思い支えたが、腕の前で少し浮いていた。

「じいじ！」

ドリが祖父の服を引っ張っていたのだ。

子どもにしてはすごい力だな。

祖父は、助けてくれたドリを優しく撫でていた。

これが俺達、森田家の新しい形だ。

二．配信者、畑の日記ちゃんねるを開設する

俺は祖父とドリを連れて畑に向かう。

「そんなの準備して何をするんだ？」

「ああ、記念に残しておこうと思ってね」

俺は今の現状を動画に残すことにした。

畑を再生させるためにどうするべきか動画を見ていると、畑作業を配信している人を見つけたのだ。

——動画配信者。

それは探索者に並ぶ人気の職業と世間では言われている。

探索者と違って動画配信者は誰でもなることできるため、より現実的な職業だろう。

今はテレビ番組数も減り、各々作った動画配信を楽しむ時代になった。

広告収入や投げ銭など様々なところからお金が発生するため、あらゆる人達が動画配信を始めた。

最近増えているのは、ダンジョン探索をする探索者による配信だ。

その動画には昨日倒した犬のような魔物も映っていた。

名前はミツメウルフというらしい。

見た目そのままの名前で笑ってしまった。

そんな動画配信を収入源がない俺は一緒に始めることにした。

少しでもお金を稼げるのなら、生活の足しにできると思ったのだ。

「じいちゃん、まずは何をするべき？」

「じいじ！」

動くと危ない祖父は座布団に座って現場監督を任せた。

ドリも靴を履いて手伝ってくれるらしい。

下駄箱の奥深くから、ドリには大きいが昔履いていた俺の靴が出てきたのだ。

服も一枚だけみつけたが、探せば残っているかもしれない。

「まずは石を取り除いて、除草剤を撒くところから始めるのが良いな」

認知症でも過去の記憶は残っているらしい。そのため、畑の再生に関しての知識は動画を見るよりも早かった。

目の前に畑のプロフェッショナルがいるなら使わない理由がない。

「んーんー」

「ドリ、どうしたんだ？」

倉庫に残っていた除草剤を撒こうとしたらドリは嫌がって、俺の服を掴んでいた。

「これが嫌なのか？」

俺の言葉にドリは頷いている。

除草剤を使わないとかなりの作業量になるだろう。

「じゃあ、撒くのはやめようか」

「うん！　パパだいちゅき！」

手作業で雑草の根絶をするのも大変だが、ドリが嫌なら仕方ない。

なぜかドリの意見を聞いておかないといけない気がした。

それに好きと言われたら余計に除草剤を撒けない。

「ありがとう」

ドリの頭を優しく撫でると嬉しそうな顔をしていた。

ついつい俺の頬も一緒に緩んでしまう。

子どもに大好きだと言われて、こんなに癒されるとは思わなかった。


「大きな石がコロコロ」

「コロコロ」

ドリと大きな石から取り除いていく。なんとなく口ずさんでいると、ドリも一緒になって歌っていた。

昔から祖父と畑作業をしていた時はヘンテコな歌を口ずさんでいた。それも祖父との良い思い出だ。

「わしも手伝おうか？」

つい祖父も気になってしまうのだろう。

手伝ってもらいたいが、祖父はすぐに転んでしまうため、気になって作業に集中できない。

骨折して寝たきりになったら、それこそ今よりも介護が増えてしまう。

「いりゃない！」

「えっ……」

ドリの言葉に祖父は落ち込んでいた。

「ガーン！」

「あひゃひゃひゃ」

少し変わったドリの笑い声が畑に響く。

それが嬉しいのか何度も祖父は繰り返していた。

一緒に住んでみてわかったが、介護は俺が思っていたよりも大変だった。

日中はこんな穏やかな時間が続くが、日が暮れるに連れて祖父は変わり出す。

夜中にコソコソしていると思ったら、俺の部屋をトイレと間違えて排尿しようする。

朝は四時前に起きて、全ての部屋の扉を開けて何かを探したり、ゴソゴソとしていることが多い。

朝早いのは畑をやっていた時の感覚が残っているのだろうか。

それでも食欲がしっかりあるのは幸いだった。

人は食べられなくなると、すぐに体力が落ちていくと聞いたことがある。

今は食べたことを忘れて常に何か食べ物を探すぐらいだ。

「これぐらいでいいかな？」

「いいかな？」

ドリも俺のマネをして首を傾げている。

「ああ、次が大変な雑草の除去作業だな」

「はあー、こんなにあるもんな」

「あー」

ドリはため息が吐けないのだろう。

隣でずっと〝あーあー〟と言っていた。

ある程度石を除いたら、今度は雑草を抜いていく。

草刈り道具を使っているが、手作業になると中々雑草の数が減らない。

そもそも働いている時に運動をしていない俺の体には、畑作業は結構な重労働になっている。

一方、隣で一緒に草抜きをしているドリは俺の倍以上の速さで雑草を抜いていた。

「ははは、子どもは元気だな！　直樹負けてるぞー！」

子どもはこれぐらい元気な方が良いだろう。

祖父に応援され俺も必死に雑草を抜いていく。

子どもの時にやっていたはずの作業も、大人になった体では長いこと中腰になるため辛い。

「パパ！」

「ドリどうし……おいおい、もう終わったのか？」

「うん！」

気づいた時には雑草が綺麗に引き抜かれ、畑は土だけになっていた。

ここからは大人である俺の出番だ。

まずは土を掘り起こして、反転させる耕起作業だ。

そのままでは作物の栽培に適さないため、表土の破砕によって土壌を柔らかくし、乾土効果をもたらす。

その後に土壌改良として、堆肥《たいひ》や腐葉土で栄養を補給させていく。

ちなみにこれも全て祖父からの指示だ。一方ドリは、疲れたからか祖父の膝の上に座っている。

ちょうど動画配信には俺しか映っていないため問題はないだろう。

その後も俺は畑に微生物剤を撒いて、植える物を想定して区画の整理をしていく。

実際やってみて思うのは畑仕事ってかなりハードだ。

ただ、誰にも怒られることなく、毎日頭がおかしくなるほど謝らなくても良いって思うと少し心が楽になる。

「そろそろ休憩しましょう」

作業が落ち着いたタイミングで、祖母が昼食を持って畑にやってきた。

昔使っていた大きなお弁当箱を受け取ると、俺が大人になったと実感する。

あの時はお弁当を宝箱のように感じていた。

祖母と一緒に畑作業をしている祖父のところまで、昼食を持っていくのが俺の仕事だった。

きっとドリにお弁当箱を持たせると、あの頃の俺のように見えるだろう。

「ここで食べるのは久しぶりだね」

「懐かしいわね」

学生になれば学校があり、自然と畑仕事を手伝うことは減った。

休みの日も畑を手伝うことはなく、当時思春期だった俺は家にいることが多かった。

あれから数年経って畑の横に座ってお弁当を食べるとは、数日前まで社畜奴隷だった俺は予想していなかっただろう。

「ドリちゃんはおにぎり食べられるかしら？」

「おにおに？」

「中に水菜としらすが入っているのよ」

ドリは肉を好んで食べようとしなかった。

基本的に野菜ばかり食べて、野菜と混ぜるとわずかに食べられるぐらいだ。

小さい時は好き嫌いがたくさんある子も多いと聞く。

祖母はそんなドリのために野菜入りのおにぎりを作ったのだろう。

「おにおに！」

おにぎりと言いにくいのか、ドリの中ではおにぎりが〝おにおに〟となった。

小さめに握ったおにぎりも、ドリにとっては大きなおにぎりだ。

ドリは嬉しそうにおにぎりを口いっぱいに頬張る。

「あらあら、そんなに口に入れたら詰まっちゃうわよ」

その姿についつい祖母も心配してしまう。

「あっ、ご飯粒ついているよ」

ドリの口元にはたくさんのご飯粒がついていた。

俺に取ってもらおうとドリはその場で顔を向けてくる。

「ははは、ドリは甘えん坊さんだね」

俺は一粒ずつ取って口に入れる。

お米一粒でも生産者の努力がたくさん込められている。

それを忘れたら生産者として失格だろう。

「直樹、ちょっとこっち向きなさい」

そんなことを思っていると、祖母が声をかけてきた。

「相変わらずドジなんだから」

どうやら俺の口元にもご飯粒がついていたようだ。

「孫は大きくなっても孫だからな。ほら、ドリちゃんわしのも――」

「やや！」

わざと祖父が口元にご飯粒をつけてドリに取ってもらおうとしていたが嫌がられていた。

「ははは、じいちゃん拒否されているね」

「食べ物で遊んでいるからそうなるのよ」

きっと俺だけでは、こんな笑顔溢れる昼食を過ごせなかっただろう。

子どもが一人いるだけで、家族がすごく明るくなった気がする。

「よし、あとは種まきと苗の植え付けだな」

食べ終わった俺達は作業に戻ることにした。

今回は夏に向けてトマト、レタス、きゅうりを試しに作ってみる予定だ。

どれも比較的簡単に作れて、収穫も数ヶ月でできる。

レタスなんて早ければ一ヶ月でできるらしい。

俺は苗と種を、隙間を空けながら植えていく。

きゅうりだけ種から育てるため、一番遅く成長するだろう。

「ドリも！」

今回は動画を撮影しているため、ドリが映らないようにしていた。流石に身元が保証できない子が映って何かあったら大変だ。

「んー、動画に映っちゃうからなー。また今度ドリ用の畑を作ろうか」

渋々聞き分けてくれたため、俺は一人で種と苗を植えていく。

やはり中腰でする作業は幼い時より重労働に感じた。

「パパ！」

それでも手伝いたいのか、ドリは手を振って応援している。その姿を見て元気が出てきた。

俺が畑の手伝いをしていたときも、祖父はこんな気持ちだったのか。

自分が同じ立場になってみて、わかることはたくさんある。

「のびのびー！」

「のびのびー！」

その後も作業を続けていくと、祖父とドリは何かをやっていた。

両手を上にあげて、バンザイするように背伸びをしていた。

成長するようにおまじないをかけているのだろう。

動画に映らない縁で作業をしているため問題はないはずだ。
後日、このおまじないが流行るとはこの時思ってもいなかった。

◇

探索者として働く私は日々疲れ切っていた。
毎日ダンジョンに潜っては、魔物を倒してドロップ品を売却する。
命をかける仕事のため、実入りが良いのも探索者の特徴だ。
それでも同じ作業の繰り返しで、何が楽しいのかわからなくなってしまった。
ダンジョンから帰ってきた私はいつものように動画配信チャンネルをつけた。
「はぁー、何を見てもつまらない」
どこを見てもダンジョン配信ばかりで飽き飽きする。
探索者をしている私にとって、ダンジョン配信はつまらない。
毎日の仕事風景を動画で見て楽しいと思う人はいないだろう。
ただ、現状の日本においてはこのダンジョン配信が人気を集めている。
魔物や魔法のような夢の世界が動画の中では広がっているため仕方ない。
見るのをやめようとした瞬間、その中で目を引く動画を見つけた。
「畑の日記？」
視聴数もなく、誰も見ていないあげたばかりの動画だ。
特に動画編集もしてあるわけでもなく、ただの日常風景が流れている。

画面の中では私とそこまで年齢の変わらない男が畑を作るために必死に土を耕して、種や苗を植えていた。

たまに子どもの声が聞こえるが、きっと良い家庭を築いているのだろう。

探索者の中でも高ランクである私は普通の人よりも丈夫な体で怪物のように力が強い。

そんな女性を好む人はどこにいるのだろうか。

結婚してくれる相手はいないし、今までお付き合いをしたこともない。

子どもを産むなんてそれこそ夢物語だ。

「のびのびー！」

「のびのびー！」

きっと子どもが何かおまじないをかけているのだろう。

だが、ひっそりと映るその姿に私は目を奪われた。

「幼女？　いや、この子ってドリアードかしら？」

ドリアードはダンジョンの中にいる、女性の姿をした魔物だ。

全身黄緑色の体をして赤い瞳が特徴的。

そして頭の上には大きな花が咲いている。ただ、画面に映るこの子は普通の子どもにしか見えない。

流石にこんなに可愛いドリアードはいないだろう。

ドリアードのコスプレをした幼女と言われれば、納得してしまうレベルだ。

毎日難易度の高いダンジョンに潜っている私でさえも見たことがない。ただ、探索者としての知識と経験が人間ではないことを直感に訴えかけてくる。

見れば見るほど、この子が気になって仕方がない。

早速私はコメントを残すことにした。

鉄壁の聖女　最近
ちゃんねる開設おめでとうございます。初コメ感謝です！
可愛いお子さんとの畑の再生を今後も応援しています。
普段は探索者をしている二〇代です。
少し気になったので、質問させていただいてもよろしいですか？
もしよろしければダイレクトメッセージができるようにフォローをお願いします。

相互フォローをしないとダイレクトメッセージを送れないような仕組みになっている。

もし、本当に魔物であれば探索者という言葉につられてメッセージを送ってくるだろう。

魔物は同じ探索者であるテイマーにしか手なずけることができない。ただ、人型で人間そっくりな魔物をテイムしている探索者を私は見たことがない。

もし探索者ならどこかで会う機会があるかもしれない。

返事を待ちながら私は何度も動画を見て癒されていた。

◇

「パパ！」

ドリに起こされるのも少し慣れてきた。ただ、思いっきり引っ張るからベッドから簡単に落ちてしまう。

「いたたた……もう少し優しく――」

「マンマ！」

朝食ができたから呼びに来たのだろう。

目を覚ました俺は普段のように朝食に向かう。

一階ではすでに祖父母が待っていた。

「直樹遅いぞ」

「ああ、ごめん。昨日寝るのが遅くてね」

「夜更かしして何やっていたの？」

この間撮った動画の編集をするにも時間はなく、やり方もわからなかった。

とりあえず触っていたら、気づいた時にはすでに投稿されていた。

そして消し方もわからずそのまま放置している。

流し見した時はドリや祖父が映っていないから、気にしなくても大丈夫だろう。

そもそも種や苗を植えているだけの動画を見る人はあまりいないと思っている。

見るなら大きくなっていくところのダイジェストぐらいだろう。

動画投稿を終えてやっと寝れても、深夜にトイレと間違えて祖父が入ってきたのもあり、あまり熟睡はできていない。

これも自宅で介護するには付き物だろう。

動画を見せようとポケットからスマホを取り出す。

画面に目を向けると、待ち受けに表示されているメッセージに驚いた。

——コメントが一件あります
まさかあの動画にコメントが付くとは思わなかった。

ひょっとしたら批判的なコメントだろうか。

俺はゆっくりとスマホの画面に手を触れる。

「直樹、先に朝飯だ」

そういえば祖父は結構頑固なところがある。

礼儀には厳しく、周りに迷惑をかけるなとよく言っていた。

認知症になっても性格は大きく変わらないようだ。

画面を急いで閉じてスマホをポケットに片付ける。

「ニヤニヤしてどうした？」

一人で暮らしていたら、スマホを見ながら食事を食べるなんて当たり前だった。

画面はいつも動画配信ばかりで、食事はただの栄養補給程度としか思わないのが日常だった。

久しぶりに祖父に注意されてつい微笑んでしまう。

「いや、なんでもないよ。いただきます」

俺は手を合わせて朝食を食べる。

怒られたはずなのに、都会で疲れた今の自分には心地よかった。

今日もドリ達とともに畑に向かう。

一緒に石ころの歌を今日も口ずさんでいる。

畑に近づくと土の匂いが鼻の奥を通り抜ける。ただ、畑が昨日と比べて様子がおかしいことに気づいた。

「ねぇ、畑ってここだよね？」

「俺の畑は昔から一緒だぞ」

やはり祖父は少しぼけているのだろう。

昨日種と苗を植えたはずなのに、目の前の状況に全く驚いていない。

目の前にあるトマトはすでに花が咲き、レタスは中心に葉が集まっている。

種から植えたはずのきゅうりなんて、芽が数センチメートルも出ている。

明らかに野菜の成長速度が異常なほど速い。

ついつい祖父が普通にしているため、これが正常なのだと信じてしまいそうになる。

「支柱立てをしないといけないよね？」

すでに実りそうなトマトは支柱に紐で茎の部分を巻き付けないといけない。

そのまま放置するとトマトが大きくなった時に支えられなくなり、土の上に落ちてしまう。

土壌や雑草、昆虫などからの感染や傷が増えてしまえば売り物にならなくなる。

今回は試作として作ってみることにしたが、売り物になりそうな状態に成長したら販売もできるだろう。

祖父は倉庫に向かい支柱を取り出してきた。

その間に俺は動画撮影のためにスマホの準備をする。

「直樹、これをトマトのところに立てて紐で巻きつけろ」

言われた通り地面に支柱を立てていく。

ドリもお手伝いをしたいのか、重たい支柱を運んできた。

ドリが手伝っている姿は微笑ましいが一気に持ってきたため、ふらふらとしている。

「あっ、カメラに映るからそこまででいいよ」

近寄ってくるドリをカメラに入るギリギリで止めるが、最後まで手伝いたいのかそのまま支柱を持ってきた。

途中で支柱を受け取ろうとするが、自分で土に支柱を刺さないと嫌なんだろう。

そんなドリを俺は見えないように、隠しながら隣を歩く。

編集作業の仕方がわからないため、体で隠せるなら動画投稿するまでの作業が減る。

「ははは、ドリもわしに似て頑固だな」

そこは似てほしくなかったが、俺も頑固だから仕方ない。

そのままドリも一緒に支柱を立てていく。

「ぐりゅぐりゅまきまき」

ドリは紐を結ぶときも口ずさむのを忘れない。

ついつい一緒になって口ずさんでしまう。

「ぐるぐるまきまき」

「ぐりゅぐりゅまきまき」

作業は子どもでもできるほど簡単なため、すぐに支柱に巻きつけることができた。

こうやって俺も幼い時に祖父母とやっていた。

あの当時は子どもながらに楽しいと思っていた。

それよりもこんな日常のことを配信して視聴者は喜ぶのだろうか。

動画編集をしてある程度マシな形にしてから投稿すれば問題ないが、俺にその技術がまだないのが問題だ。

ひょっとしたら野菜が先に実ってしまうかもしれない。

作業が一段落したため、撮影を止めようと設置してあるスマホを手に取った。だが、画面の縁に書かれている違和感に気づいた。

「えっ……これって生配信じゃん⁉」

今まで動画を撮影していたと思ったら、生配信になっていたようだ。

「パパ？」

そんな俺を心配したのかドリが近寄ってきた。

後ろから抱きついてひょこっと顔を覗かせる。

もうここまで来たらとりあえず挨拶して乗り越えるしかない。

頭をフル回転させる。

「挨拶できるか？」

咄嗟に出た言葉は視聴者に挨拶をするということだった。

俺の言葉にドリは頷いた。

挨拶の仕方を教えたことはないがどうにかなるだろう。
「パパしゅき！」
やはり挨拶は難しかったようだ。
そのままスマホの電源を落として作業に戻ることにした。

孤高の侍　一時間前
おいおい、あの幼女はなんでござる？

名無しの凡人　一時間前
これって畑の日記じゃなくて幼女日記じゃないのか？

貴腐人様　一時間前
パパ可愛い。ぜひ、総受けでお願いします。

鉄壁の聖女　一時間前
今日は生配信なんですね。
私に癒しと生きる希望をくれてありがとうございます。
もういつ死んでも後悔はないです。推し活最高！

作業を終えた俺は生配信していた時のコメントを確認した。

身元のわからない子を映しては良くないと考えていた。

ただ、配信が広まっていけば、ドリを知っている人にも伝わるかもしれない。

「ドリも映りたい？」

「うちゅる！」

本人の希望もあり、今後もドリを配信で映すことに決めた。

それに俺達の生活にドリが馴染んでいる。

撮影の時だけ離すのもかわいそうに思えてしまう。

「ドリ、コメント見るか？」

「うん！」

俺はドリと共に昨日の何も編集せずに投稿してしまった動画のコメントを見ることにした。

唯一〝鉄壁の聖女〟という名前の視聴者がコメントをしていた。

どうやら探索者をしている人らしい。

すでに向こうは俺をフォローしているため、俺がフォローすることでダイレクトメッセージを送れる仕組みになっている。

「えーと、この度は動画の視聴ありがとうございます。フォローさせていただきました。これでいいのかな？」

配信の時のような失敗をしないように読み上げながら返事を書いていく。

「よし、送信！」

「しょーしん！」

ドリと一緒に送信ボタンを押すと、すぐに向こうからの返信がきた。

何やらドリがドリアードという魔物に似ているという内容が書かれていた。

「ドリってドリアードなのか？」

「ドリはドリ！」

どうやらドリに聞いてもわからないようだ。

たしかに犬に犬かって聞いてもわからないし、俺だって人間かって聞かれると、きっと名前を答えそうな気がする。

迷子だとしてもこの周辺には俺達家族と小嶋養鶏場のおじさんしか住んでいない。さらに隣の町の家までは車で一時間もかかるため、ドリは畑に放置されたことになる。

そのまま親が見つからずに児童養護施設に行くことを考えると、まだドリの好きにさせても良いような気がした。

俺がずっとスマホを触っていたからか、ドリは祖父の元へ走って行った。

「じいじ、むち！」

「わしを無視するのか？」

「んーん。むち！」

「鞭？」

俺が無視していたのかと考えたが、さっきまで普通に話していた。

「じいちゃん、多分虫取りがしたいんだと思うよ」

俺の言葉にドリは目をキラキラと輝かせていた。

どうやら合っていたようだ。

以前よりもドリの言いたいことはわかるようになってきて、ある程度意思疎通もしやすくなった。

今も楽しそうに祖父と遊んでいる姿は本当に心から笑っているように感じる。

そんなドリが魔物のはずがないとついつい思ってしまう。

「まずはドリアードを調べてみるか」

それでも探索者が少し似ていると言っていたドリアードについて調べることにした。

これで姿形が似ていたら魔物だって否定ができないだろう。

探索者ギルドのホームページから魔物検索ができるようになっていた。

また、ダンジョン配信に映るドリアードの姿も確認できた。

「ドリアードは……中々怖い魔物だな」

［魔物図鑑］
【名前】　ドリアード
【種族】　植物系魔物
【ランク】　C
【スキル】　植物操作、木属性魔法
【特徴】　全身黄緑色の体をした女性の見た目
　頭には大きな花が生えているのが特徴

火が弱点
植物に囲まれているところではAランク相当になる

「全然可愛くないな」

ドリアードとの戦い方が動画で載っているため、確認したがドリと比べて妖怪に近い。

燃えて叫ぶドリアードの動画は俺にとっては衝撃的だった。

スキルに書いてあるように植物操作ができるらしい。

蔓をしなやかに操り、探索者をビシバシ叩いていた。

もしドリが本当にドリアードなら今頃俺はこの世にはいない気がする。

攻撃された探索者の鎧は車が事故を起こしたように凹んでいた。

今も蝶々を必死に追いかけて、ジャンプして捕まえるぐらい可愛らしい子だ。

さすがに可愛いドリがドリアードのはずがないだろう。

「ドリ！　俺も一緒に虫取りに行ってもいいか？」

「うん！」

俺はスマホをポケットに入れて、ドリと祖父がいるところへ向かった。

三. 配信者、初めてドリと買い物に行く

今日はドリを連れて近くのショッピングモールで買い物をする予定だ。

近くと言っても車で何時間もかかってしまう。

目的はドリの服と靴などの生活用品や畑に必要な道具を買うことだ。

ホームセンターならもう少し近場にあるが、子ども服が売っているところを調べるとここにしかなかった。

そもそも俺の家の周りには何もないため、山を越えないとお店がないのだ。

こういうところに田舎の不便さを感じてしまう。

「パパ！」

そんなドリは初めてきたショッピングモールに目を輝かせていた。いや、正確に言えば売っている観葉植物を見ていた。

「これが欲しいのか？」

俺の言葉に首を横に振っている。

どうやら観葉植物が欲しいわけではないようだ。

葉を見て楽しむのではなく、他に意図があるのかもしれない。

「畑で育てたいってこと？」

「うん！」

「んー、畑で観葉植物って育てられるのか？」

スマホで調べてみると観葉植物は畑ではなく室内で育てる植物らしい。

屋外で育てるならユッカや竹がちょうど良いと出てきた。

「あっ、そうだ！　近くに花壇を作ってお花を植えてみようか！」

植物を育てたいのであれば、お花ならちょうど良いかもしれない。

畑でも育てることができるし、蜂が来るようになれば受粉の手伝いをしてくれる。

野菜や果物の収穫量や品質を上げるために、蜂は必要不可欠になる。

早速花の種を売っている売り場に向かうと急にドリは走り出した。

「ドリ待って！」

ドリを呼ぶ声がショッピングモールに響く。

周囲に遊ぶところがないため、平日の昼間でも小さな子連れの親子も多い。

急いで追いかけるが、思ったよりもドリの足は速かった。

単に俺が運動不足なだけだろうか。

「はあ……はあ……」

追いついた頃には息が上がっていた。

久しぶりに全力で走った気がする。

一方のドリはケロッとした顔をしていた。

子どもの体力は底なしなんだろうか。

「そんなに急いでどうしたんだ？」

「パパ、はな！」

ドリが向かったのは花の種売り場だった。

きっとお花を植えると言ったため、種が売っているところまで走ったのだろう。

雑貨屋で観葉植物を見ていたのに、いつの間にかガーデニングコーナーまで来ていた。

ドリは俺を引っ張って花の種があることを教えてくれる。

それよりも親として、大勢の人がいるショッピングモールで走ることは危ないと注意しないといけないだろう。

誰かにぶつかったら、俺を止める程度の力があるドリであれば大人でも吹き飛ぶかもしれない。

お年寄りに当たって骨折なんかさせてしまったら、ドリも一生嫌な記憶として残るだろう。

子どもが多いこの時間なら尚更気をつける必要がある。

「お花の種を見つけてくれたことは嬉しいよ。でも急に走ったら危ないよ」

首を横に傾けているため、あまり言っていることが理解できないのだろう。

子どもの方が強いって言っても理解はできないだろうし……。

「もし、じいじやばあばとぶつかって怪我したらドリはいいの？」

「やや」

どうやら身近なことであれば想像しやすいのかもしれない。

「ドリが迷子になって、一生会えなくなったらどうするの？」

ドリなりに一生懸命想像して考えたのだろう。

次第に目がうるうるとしてきた。

あっ、ひょっとしてこれは泣いちゃうやつだ。

「やーやー！」

ドリは俺の服の裾を強く掴み離れようとしない。

きっと会えなくなるというのが理解できたのだろう。

少し言い過ぎたのかもしれないが、物分かりが良いドリにはちょうどよかった。

世の中の子育てをしている人達を本当に尊敬する。

毎日言うことを聞かない子どもの育児をしながら、必死に働く姿に拍手をしたいぐらいだ。

「だから勝手に走ったらダメだぞ！」

「うん！」

頭を優しく撫でるとドリは泣き止んだ。

ドリに伝わったのはいいが、相変わらず掴む強さが異常で、気づいた時には服がワンサイズ大きくなる勢いで伸びていた。

それでも良いと思ってしまうのが親の気持ちなんだろうか。

「ドリがわかってくれてよかった。早速花を選ぼうか！」

「おー！」

拳を上にあげ、再びドリの目が輝く。

「どの花がいいかな？」

ドリを抱えて見やすい高さに調整する。

せっかくならたくさんある花の種からドリに選んでもらった方が良いだろう。

「えーっと、パンジーでいいのか？」

ドリはパンジーの種を指さしていた。

春になったばかりのため、春から夏にかけて咲く今がちょうど良い季節だろう。

他にもキンセンカやコスモスを買うことにした。

選んだ種を持たせてレジに向かう。

買ってもらえたことが嬉しいのかルンルン気分で歩いている。

それでも怒られたことは覚えており、俺の服の裾を掴みながら隣を歩く。

「じゃあ、次は服を買いに行こうか」

今度こそお目当ての服を買いに行くことにした。


「どの服がいい？」

服売り場に行くとさっきよりもテンションが下がっていた。

女の子は服が好きそうなイメージだが、ドリは他の子と少し違うようだ。

「これはどうだ？」

「んー」

たくさんある服の中から一枚ずつ見せてドリの顔を確認する。

オシャレのセンスがない俺が選ぶよりは、ドリが着たい服を買ってあげたほうが良いと思った。

だが、それがドリを悩ませてしまう結果となった。

「これ！」

「本当にこれで良いのか？」

ドリが気に入ったのはオーバーオールだった。

テレビや配信動画、ショッピングモールを歩いている女の子や女性が最近着ているイメージがない。

さすがにオシャレがわからなくても、他の人と違う服を選んで大丈夫なのかと気になってしまう。

「いっちょ！」

オーバーオールと俺を交互に見ている。

俺は畑作業をするときは、汚れても良いようにつなぎを着ている。

ひょっとして同じような作業用のつなぎが欲しいのだろうか。

つなぎがないため形が似ているオーバーオールが欲しいと思ったのかもしれない。

しかも、俺と一緒の色を買おうとしている。

「今度じいじと俺もお揃いのやつを買ってくるね」

「やた！」

ドリは目を輝かせて喜んでいた。

ここには大人用のオーバーオールは売っていないため、今度別の場所で色を揃えて買うことにした。

「他にはいらないの？」

「うん！」

どうやらドリはオーバーオールが気に入ったため、他には何もいらないらしい。

さすがにそれだけではお出かけ用の服もないし、パジャマも持っていない。

それでも様々な色の服を見せると、緑色がお気に入りということがわかった。

「じゃあ、ワンピースと緑のスカートとズボン。それとトップスを何枚か買って行こうか。パジャマは花柄がいいかな？」

花柄のパジャマを見せた時は跳びはねるように喜んでいた。

どうやら女の子っぽい服も好きなようだ。

カゴにドリに似合いそうな服をたくさん入れてレジで支払いをする。

商品を受け取ろうと手を伸ばすと、一緒にドリも手を伸ばしていた。

「小さい袋にお詰めしましょうか？」

気を利かせた店員がシャツ一枚を小さな袋に入れてくれた。

少しでも自分の物は、自分で持ちたいのだろう。

「はい！」

小さな袋を渡すとドリは頬を膨らませていた。

「やや！」

これはどういう意味なんだろうか。

ちゃんとドリが持てるように、店員が袋を用意してくれた。

ひょっとしたらまだ買い足りないのか？

店員の女性も一緒に隣で悩んでくれた。

一人より二人の方が、すぐに意図がわかるかもしれない。

「服の枚数が足りないのかしらね？」

試しに俺の持っている袋を渡すと、満足そうに抱きかかえている。

小さい頃って買ってもらった物を全部持ちたいと思ったこともあったな。

お菓子とかおもちゃは特にそうだった。

ドリもそんな気持ちだったのかもしれない。

「ありがとうございます」

店員にお礼を伝えると、ドリと手を振ってショッピングモールを後にした。

力はあってもさすがに袋が大きいからかドリはヨタヨタと歩いている。

「ドリ、次は探索者ギルドに……ってドリ⁉」

横を見るとドリの姿はなく、後ろで立ち止まっていた。

おもちゃを見ているのだろうかと思い近づくと、花柄のスカーフを見ていた。

「これが欲しいのか？」

「うん！」

勘違いをしていただけでドリはオシャレのようだ。

再びレジに持っていくと、店員は俺達を見て微笑んでいた。

「何度もすみません」

「いえいえ、よかったらつけていきますか？」

「つける？」

スカーフは知っているが、さすがにその活用方法までは俺も知らない。

たまに鞄につけているか、飛行機の客室乗務員ぐらいしかつけているところを見たことがない。

「つけていくか？」

「うん！」

ドリに聞くと嬉しそうに頷いていた。

店員の顔がさらにとろけたような表情になりながら、ドリの首元にスカーフを巻いていく。

「私のところは男三兄弟だったので女の子が羨ましいです」

きっと男三兄弟だと元気いっぱいで大変だろう。

女の子一人でも子育ての大変さを今実感している。

「はい、完成しました！」

いつの間にかドリの首元には印象的な大きなリボンができていた。

「パパ！」

「やっぱり何をつけても似合うな。可愛いぞ」

優しくドリを撫でていると嬉しそうに笑っていた。

「お姉さんにちゃんとお礼を伝えるんだぞ」

「ありあと！」

ドリはペコリと頭を下げてお礼を伝えた。

その姿は将来、飛行機の客室乗務員になりそうな気がするほど輝いていた。

「あー、もう可愛すぎるわ。持って帰りたいぐらい可愛いわね」

そう思ったのは俺だけではないようだ。

「はっ⁉」

ドリは連れていかれると思ったのか俺の後ろに隠れてしまった。

みんなが誘拐したくなるほどドリが可愛いのは俺が一番わかっている。

「あらあら、嫌われてしまったようね。またいつでもお越しください」

店員は少し寂しそうな顔をしながらドリに手を振っていた。


次に向かったところは探索者ギルドだ。

ギルドに行けば、ドリアードについて直接情報がもらえるのではないかと思った。

「思ったよりも普通の建物なんだな」

初めて行くギルドは思ったよりも役所のような外観をしていた。ただ、中に入ると異世界に来たような感覚になる。

通る人達全てが鎧を着て、何かしらの武器を持ち歩いていた。

探索者という職業ができてから、武装する人達が増えたと聞いたことがある。

初めは犯罪者との区別がわからないと反発が起きたものの、探索者が武器を町の中で振り回せば、すぐに捕まる法律が出来てからは当たり前になった。

例外も存在しており、ダンジョンから魔物が溢れた時はその法律は適用されない。

魔物をすぐに倒さないと国が無くなるなんて珍しくない。

すでに被害報告は多く、小さな国だと、ダンジョン内の魔物が暴走してスタンピードにより無くなった国もあるぐらいだ。

それにダンジョンは謎が多い。

そもそもダンジョンがいつ現れたのかは知られていない。

今まで普通にあった洞窟や海底、森林から突如魔物が出てくるようになった。

世界自然遺産に登録されている白神山地、屋久島、知床、小笠原諸島、奄美大島の五ヶ所にもダンジョンは存在している。

もちろん日本で一番高い山である富士山にも、高難易度ダンジョンがある。

単に元々いた存在に気づかず、魔物が溢れ出たことでダンジョンの存在に気づいたのか。

それすらもいまだに解明されていない。

「あっ、すみません」

俺達が通ろうとすると、探索者はその場で立ち止まり道を空けてくれた。

ドリがどこかに行かないように手を繋いで急いで受付に向かった。

「ありがとうございます」

「ありあと！」

一緒に探索者にお礼を言いながら歩いていく。

「くっ……」

少し探索者の人達が苦しそうにしていたが大丈夫だろうか。

受付に着いた俺は早速魔物について話を聞くことにした。

「あのー、魔物の情報を聞きたいんですが良いですか？」

受付をしている女性は俺達を見て少し不思議そうな顔をしていた。

何かあるのだろうか。

「あっ、すみません。子連れでギルドに来る人が珍しかったのでつい見てしまいました」

たしかに周囲を見渡しても子どもを連れている人は誰もいない。

武器を持った人や鎧を着込んだ人にぶつかっただけでも、大怪我になることを考えるとさすがに連れて来れないのだろう。

「すみません。ご迷惑でしたね」

「いいえ、気にしなくても大丈夫ですよ。ギルド内でも安全面に注意しながら管理をしていますので」

探索者が俺達を見て道を空けたのも危害を加えないようにっていう配慮なんだろう。

法律で縛られているからこそ注意が必要とわかっての行動に、探索者の真面目さを感じることができた。

きっと俺の両親もこの人達と似た真面目な人だったのだろう。

「それで要件は魔物についてですよね？　ちょうど適任者がいるので呼んできますね」

そう言って奥から一人の男性を連れてきた。

「ここのギルドで働いている大葉です。何かありましたか？」

忙しかったのか露骨に嫌な顔をしていた。

あまりにも他の職員や探索者と違う態度につい俺も警戒を強める。

「こんなに危ない大人が多いところに人間の子どもを連れてきたんですか？」

どうやら俺がドリを連れて来たことが気に食わなかったようだ。

たしかに鎧を着た男達がいるところに連れて来たのがまずかったか。

それにしても、今の一言で俺より周囲の探索者を敵に回しているような気がする。

「車に残しておくのも危ないと思ったのですみません」

俺は男に謝るとさっきよりは嫌な顔をしなくなった。

「魔物についての情報が欲しくてきました」

「魔物ですか」

男性は少し考えた後に何かを手渡してきた。

「これは？」

「ＱＲコードです。そこに情報が入っていますので検索してください」

そう言って男性は作業に戻っていく。

「職員の態度が悪くて申し訳ありません。さすがに子どもを車に置いて行くのは怖いですよね」

大葉と話していた時、俺の後ろに隠れていたドリはひょこっと顔を出す。

「ねー！」

「ふふふ、可愛いお子さんですね」

ドリも自然と優しい人だとわかるのだろう。

「探索者用の魔物情報が見えるので、探索者管理番号を入力して見てくださいね」

どうやら探索者は番号で管理されているようだ。

もちろん探索者ではない俺が見ることもできないし、魔物の情報を得ることはできない。

ただ、俺とドリを見て親子にしか思わないということは、探索者ギルドの職員から見てドリはドリアードではないということだ。

探索者ギルドで探索者とすれ違っても誰も反応しないのがその証拠だろう。

やはりドリはドリアードじゃなくて、ただの幼女なのかもしれない。

それに気づけただけでも安心した。ただ、本当に人間だったらそれはそれで問題になる。

過去にも迷子になった子の家を捜すために、車に乗せて一緒に捜しているだけで誘拐になった事例もある。

すでに今の段階で数日は時間が経過しているため、このままでは俺が誘拐事件の犯罪者となってしまう。

やはりここはちゃんと警察に話しに行かないといけないだろうか。

そんなことを考えながら振り向くと誰かにぶつかってしまった。

あまりの鎧の硬さと相手の体格の良さについ後ろに倒れそうになる。

「兄ちゃん大丈夫か？」

「ああ、すみません」

俺は綺麗に髪の毛を整えた黒髪短髪の男性に体を支えられていた。

彼に営業職をしていると言われたら、すぐに納得しそうな見た目をしている。

「ひょっとして畑の動画配信の人じゃないか？」

「えっ⁉」

「ああ、プライベートの時に声をかけてすまないね」

どうやら俺の動画配信を見ていたらしい。

意外なところに視聴者がいることに驚いてしまう。

「こんなところに何か用があったのか？」

「魔物の情報が欲しくて来ました」

俺の言葉に目の前にいる男性は驚いた表情をしていた。

「パパさんは探索者だったのか⁉　ここの職員もダブルワークだから大変だよ」

職員は探索者兼職員としても働いているらしい。

さっき態度が悪かった彼も優秀な人材なんだろう。

探索者はスキルという才能を持っているため、ここにいる俺以外の人達が全員優秀な人材の集まりってことになる。

「パパ、ちゅかれた！」

ドリは服の裾を引っ張っている。

ずっと立ちながら話していたため、何もすることがなく疲れたのだろう。

「ははは、新人だから忘れてました。色々教えていただきありがとうございました」

俺は彼にお礼を伝えて家に帰ることにした。

「ふふふ、やっぱりあのパパさん可愛いわね」

出入り口で体のラインがわかるほど、綺麗なドレスを着たスタイル抜群な女性が立っていた。

すれ違いざまに何かを言っていたが、ドリの相手をしていた俺の耳には彼女の声は届かなかった。

車に戻ると早速地元の警察署に連絡をすることにした。

「もしもし、少し確認をしてほしいことがあるんですがよろしいですか？」

俺は住んでいる住所とドリを見つけた場所、ドリの特徴など様々な情報を伝えた。

内心は心臓がバクバクとして吐きそうだ。ひょっとしたら俺は今日犯罪者になるかもしれないからだ。

「はあ、お兄さん。嘘を言ったらダメですよ。そんなところに子どもがいるわけないですし、そもそもそこに住めるところがあるわけないじゃないですか」

たしかに山に囲まれているため、家があることを知らない人がほとんどだ。

警察署も俺達が住んでいることを知らないのだろうか。

それにドリの特徴である、緑がかった黒髪に赤みがある瞳がいけなかったか。

「捜索願とかも出ていないですか？」

「もし捜索願が出ていたとしても、守秘義務があるから伝えられません」

「パパまだー？」

「ほら、パパって呼んでいるじゃないですか。イタズラ電話はやめてくださいよ」

どうやら俺の電話はイタズラ電話だと思われたらしい。

それでも見知らぬ子どもを預かっているのには変わりない。

「もし、捜索――」

「忙しいので失礼します」

通話終了音が車の中に響き渡る。

電話を切られてしまったようだ。

ただ、ちゃんと迷子を預かっているのと、捜索願に関しても触れることができた。

何か進展があれば住所を伝えてあるため連絡は来るだろう。

「おなかしゅいたー」

「ああ、ごめん。急いで帰ろうか」

俺は急いで家まで車を走らせた。


家に帰ると祖父母は楽しそうにせんべいを食べながら待っていた。

「今日は言うことを聞いてくれるし落ち着いていたわ」

「ばあちゃん、じいちゃんは何もなかった？」

祖父はたまに突然動き出すことがある。

そんな祖父を祖母が元気だからといって、一日中面倒を見てもらうと体も疲れてしまう。

以前はそれを休みなくやっていたと考えれば、家の中が汚れて異臭がしていても仕方ないだろう。

畑に祖父を連れて行く時間が増えてから、祖母も掃除する時間が確保できるようになり少しずつ家は片付いてきた。

前よりも悪臭は減り、以前住んでいた状態に戻りつつある。

それでも祖父母が寝ている部屋はまだ臭うし、毎日防水シーツを洗っているのが現状だ。

久しぶりに二人で過ごしても、穏やかな時間が過ごせたならよかった。

俺がお土産で買ってきたゼリーを祖母に渡すと、祖父もドリが持っていた袋に興味津々だ。

「何を買ってきたんだ？」

ドリは一枚ずつ服を取り出して祖父に説明している。

「たね！」

その中でも花の種を祖父に見せるときのドリの顔が一番笑顔でキラキラしていた。

やはり服より花の種の方が、ドリは興味があるのだろう。

「どこか昔を思い出すわ」

「俺とじいちゃんみたいだな」

その姿は完全に昔の俺と祖父のようだった。

俺も何か虫を捕まえた時や養鶏場のおじさんから何かをもらった時は、いつも祖父に見せていた。

「ふふふ、あなたのお母さんも変わらないわよ」

どうやら俺の母親も同じことをやっていたらしい。

俺の中で母親との思い出はあまりない。

いつも考えようとしたら、頭がぼーっとして痛くなる。

その場で座り込んだ俺はゆっくりと息を落ち着かせて休憩する。

車で長時間移動して疲れたのだろうか。

「パパ！」

そんな俺に気づいたドリは心配そうに近寄ってきて頭を撫でていた。

「ありがとう」

なぜかドリに撫でられると、頭がスッキリしてきた。

ただ、ヨシヨシする力が強いため、毛根から髪の毛が抜け落ちる気がする。

目の前にいる祖父みたいにはなりたくないと思い、ドリの手を止めた。

「せっかく買ったからファッションショーでもしようか！」

「ふぁ……しょー？」

言葉が長くてドリは諦めたのだろう。

ドリを別の部屋に連れて行き、買った服に着替えさせる。

我が家では服を買ったら着て、家族へのお披露目ファッションショーが始まる。

祖父母も手拍子をしながら楽しそうにファッションショーを楽しんでいた。

「こんな日が続くといいね」

「ええ、そうね」

こんな幸せな日常が今後も続くように俺は願った。

四. 配信者、命の大事さを学ぶ

「よし、畑に行こうか！」

次の日、早速ドリは買ったばかりの服を着て畑に向かう。

ドリは俺の前でくるりと回り、新しく買ったオーバーオールを自慢するように見せてきた。

お気に入りの服になったのか、ドリは他の服は気にせずオーバーオールを朝から取り出して着替えていた。

「俺とお揃いだな」

「おちょろい！」

帰りに似たような色のオーバーオールを祖父の分も含めて購入した。

俺もドリを真似するようにその場でくるりと回る。

ドリも負けじとくるくる回るため、俺もくるくると回り続ける。気づいたらだんだん目が回ってきた。

昨日ファッションショーをしてからずっとこの調子だ。

「お前ら何してるんだ？」

そんな俺達のところに遅れて祖父がやってきた。

祖父も普段よりはニコニコしていた。

三人で同じようなオーバーオールを着て、動画配信用の衣装のようにも見える。だが、今はそれどころではない。

「ああ、目が回って気持ち悪くなった」

「きもい……」

くるくると回りすぎて目が回ってしまった俺とドリは玄関で座り込んでいた。

「きもいだと……」

ドリが言ったことを祖父は真に受けて一緒に落ち込んでいた。

玄関でうずくまる三人。

端から見たら結構シュールだろう。

しばらくその場で休憩してから、俺達は畑に向かった。

服だけではなく長靴、頭には麦わら帽子と三人とも全てお揃いだ。

ちなみにドリの花の髪飾りは取ろうとしたら怒られたため、帽子の中に隙間を作って綺麗に収納している。

今日は昨日買った花の種と新しい野菜を植える予定だ。

今度はキャベツとカブを用意した。

根菜類は土壌を緩め、有機物を供給するらしい。

土壌の養分状態が悪くても育つことができるため、荒れている畑の土でも作れるそうだ。

一方の葉物類であるキャベツは土壌の養分に敏感で、少しでも環境条件が悪いと成長が遅れて、品質低下に繋がってしまう。

キャベツを作るのは一種の挑戦だ。

「パパ、うた！」

「石の歌だよな？」

俺は大きく息を吸って歌い出す。

畑を移動する時は何か歌を口ずさみながら移動する。

「大きな石がコロコロ」

「ころころ」

「たくさんコロコロ」

「ころころ」

「小さな石もコロコロ」

「ころころ」

歌のセンスに関しては壊滅的だが、野菜はグングンと成長していた。

早速俺はスマホを設置して生配信を開始する。

魔物ではなく人間だったドリの親を見つけるためには、少しでもいろんな場所に情報が届くように願うばかりだ。

今日は初めて動画撮影した時と同じで石と雑草を取り除いて花や野菜を植えていく。

一度やった作業になると、慣れもあり前よりは時間は短くて済む。

前回は説明できなかったことを、祖父にカメラの後ろから語ってもらいながら動画を配信することにした。

祖父は畑の話になると延々と語ってくれるため、解説動画としては十分過ぎるほど仕事になる。

実際に編集もいらないし、俺は何も話さなくていいから楽だ。

「パパ！」

ドリは何かを持ってきたのか手を出してきた。

「これはなに？」

少し嫌な予感がした俺はドリに手を広げるように伝えると小さな手を広げた。

そこにはすでに弱っているのか小さなミツバチがいた。

刺す様子もなく、ただドリの手で死ぬのを待っている。

「もう活動を終えたミツバチなのかな」

働き蜂であるミツバチの寿命は一カ月程度だと言われている。

たくさんの蜜を集めたミツバチが役目を終えたのだろう。

「パパ……」

「ミツバチも頑張ったからね」

きっとドリも死んじゃうことは理解しているのだろう。

寂しそうにミツバチを胸の前に抱いていた。

命に関してはどうすることもできない。

「あっ、ちょっと待っててね」

俺は急いで家に帰ると、祖母に声をかけて蜂蜜を持ってきた。

死んでしまうミツバチにお供え物として蜂蜜を用意したのだ。

「パパー」

俺の顔を見るとドリは抱きついてきた。

顔を俺のお腹に埋めてスリスリしている。

「どうしたの？」

「ミツバチが死んだ」

隣にいた祖父が話しかけてきた。

どうやら俺が戻ってきた時には、すでにミツバチは死んでいたようだ。

「また生まれて来るように、ないないしようか」

ドリは小さく頷いている。

花壇を作る予定のところに小さく土を掘り起こし、ミツバチと紙容器に入れた蜂蜜を置く。

「ないない?」

「そうだよ。命あるものはいつか死んじゃうからね」

「パパも?」

「んー、俺はまだまだ長生きはするかな?」

ドリが何歳まで生きるのかはわからない。ただ、確実に言えることは俺よりも祖父母が先に亡くなってしまうことだ。

その時が来たらドリはどう思うのだろうか。

俺も大事な家族がいなくなることを考えると、胸が苦しくなってくる。

両親がいない俺には祖父母しか血が繋がった家族はいない。

将来のことは考えれば考えるほど誰だって怖く感じるだろう。

祖父も隣に来てしゃがみ込んだ。

「ちゃんと別れを告げないといけないぞ」

その言葉は祖父自身に言っているように感じた。

いつものようにダンジョン探索に出かけた両親。

きっと、祖父は娘が帰って来なくなると思わなかっただろう。

当時の記憶はぼんやりとしか残っていないが、俺はずっと泣いていたことは覚えている。

そんな祖父母は俺の目の前で泣くことはなかった。

俺が泣き止むまでずっと頭を撫でてくれた。

きっと祖父も寂しい思いをしたのだろう。

だから、認知症になった今、俺の母親である娘が帰って来るのを待っている気がする。

「ドリおいで」

隣にいたドリを優しく抱きしめる。

今度は俺がドリを撫でてあげる番だろう。

うっすらと涙を流すドリを優しく撫でる。

俺達は再びミツバチが生まれて来ることを願うように、そっと花壇の隙間に死んだミツバチを埋めた。

名無しの凡人　最近
今回の配信はダメだ……涙が止まらない。

孤高の侍　最近
拙者も両親に会いたくなってきた。
母上は元気にしているのかな。

貴腐人様　最近
早くパパを慰めてくれる相手は現れないかしら。

鉄壁の聖女　最近

ドリちゃん大丈夫かな？

今度は仲良くできるミツバチくんが生まれて来ると良いね。

ハタケノカカシ　最近
感動系ちゃんねるじゃん。
俺も心配させないように探索者を辞めようかな。

犬も歩けば電信柱に当たる　最近
涙が止まらない。
電信柱に慰めてもらう！

ミツバチを埋めた俺達はその後も雑草を抜いて土を解していく。

その半分以上はドリの功績によるものだが、一度やった作業を何度も繰り返せば、短時間でできるようになった。

あとは花の種を植えて、いつものように三人でおまじないをかけることにした。

さっきまでとは打って変わって明るい雰囲気だ。

いつまでもジメジメしていても仕方ない。

「よし、いくぞ。せーの！」

「のびのびー！」

「のびのびー！」

俺の合図でドリからおまじないが始まる。

なぜかこれをやると成長が速くなると感じていた。

たくさんおまじないをかけていると、祖父は何かに気づいた。

「あれもやらなくていいのか？」

あれと言って祖父はスマホを指さしている。

いつもスマホで動画を撮っていることを、祖父も気にしていたのだろうか。

せっかく祖父が気づいてくれたため、スマホを手に取り花壇が見えるように配置する。

「動画を見ている視聴者の皆さんも一緒にやりますか？」

ただ変なおまじないをかける動画を見せても流石につまらないだろう。

ここは共有型動画配信をやってみようか。

「じゃあ、いくよ。せーの！」

俺は手を大きく上に伸ばして、一緒に背筋をグッと伸ばしていく。

「のびのびー！」

「のびのびー！」

ハタケノカカシ　最近
のびのび？

名無しの凡人　最近
のびのびーー！
孤高の侍　最近
のびのび！
鉄壁の聖女　最近
のびのびーー！
犬も歩けば電信柱に当たる　最近
のびのびーー！　うっ、脇腹が攣った！
貴腐人様　最近
のーびのび！
早く大きくなれとみんなの思いを野菜と花達にたくさん込めた。
きっとミツバチも天国で一緒におまじないをかけてくれているだろう。

五．配信者、ギルドに依頼を出す

畑を始めてからドリと一緒に毎日の水やりと雑草を抜くのを日課としている。
最近は動画配信を見ている人が少しずつ増えてきた。
祖父の介護もあり修正する時間を取れないため、今も畑の日記ちゃんねるは生配信でやっている。
いつのまにか視聴者も増え、二桁の人数が集まるようになった。

幼女を見守る人　最近
やっぱり野菜の成長が速い気がします。

パパを見守る人　最近
パパの愛情たくさんの野菜が食べたいわ。

鉄壁の聖女　最近
どこかで売ってくれないかな？
お金ならいくらでも払うよ。

コメントで来ている通り、俺も野菜の明らかに度を越えるような成長速度に驚いている。

トマトはすでに実がなっており、そろそろ赤くなってきそうだ。

ヘタの近くまで赤くなったタイミングで収穫時期となるため、ひょっとしたら梅雨に入る前にまさかの収穫ができるかもしれない。

トマトは梅雨になったら雨よけの屋根も造らないといけない。

普通なら完熟するまでに時間がかかるため、大玉トマトは雨に当たると病気や実割れを起こしやすくなる。

今の段階で追加肥料も必要なく、枯れるまで長期に亘って収穫できるトマトは生産者としてコストパフォーマンス抜群のトマトになりそうだ。

そして、トマトよりも恐ろしい速度で成長しているものが存在していた。

「パパあげりゅ！」

ドリが植えた花達だ。

今日もたくさんの花を摘んでは俺に分けてくれる。

この前はドリの耳に花をかけてあげたら、俺にもかけてくれるようになった。

名無しの凡人　最近
あー、俺にも花をくれー！

孤高の侍　最近

拙者、今元気がないでござる。チラチラ。

今日もパパが可愛いわ。やはり王道は華がある。

貴腐人様　最近

相変わらず生配信のコメントは盛り上がっている。

コメントの数も増えて、コメント時間が〝最近〟と表示されることが多くなった。

スマホの画面上では、文字がテロップのように流れてくるため自分の顔が見えにくくもなってきた。

それにしてもこの人達はいつ仕事をしているのだろうか。

俺が生配信をしているのは朝から日中にかけての時間だ。

普通のサラリーマンなら、すでに仕事をしている時間のため自宅警備をしている人達ばかりなんだろうか。

視聴者の中には動画を保存して、いつでも見られるようにしてほしいという話があった。ただ、編集の仕方もわからなければ、動画保存の方法もわかっていない。

俺にできるはずもなく、視聴者に録画の方法を聞いてやっと保存しながらの生配信ができるように成長した。

そのおかげでたまにコメントを見返すと気になることを度々見かけるようになった。

「あのおまじないが花の成長を促しているということですよね？」

俺の言葉に反応するようにコメントがたくさん返ってくる。

おまじないの影響と言っているが、花の世話をしているのはドリだ。

理由はわからないが、毎日ドリが頑張ってくれているから成長が速いのだろう。

こういう時は何かご褒美を買って、褒めてあげるのも良いかもしれないな。

「ドリ、何か欲しいものあるか？」

「いし！」

「石？」

「うん！」

石が欲しいと言っていたため、その辺にある石を渡してみることにした。

「ちゃーうー！」

どうやら落ちている石ではないようだ
足をバタバタさせながら俺に石を投げてきた。

プロ野球選手の球かと思うほどの豪速球で石が飛んできた気がするが、将来は女性初のプロ野球選手もいいかもしれない。

「これか？　それともこれか？」

「パパ、ちゃう！」

小さな石や丸い石など全ての石が投げられてしまった。きっと石でも違う石が欲しいのだろう。

「どんな石が欲しいんだ？」

「キラキラ！」

キラキラした石って宝石ってことだろうか。

さすがに子どもに宝石を買い与えることはできない。

名無しの凡人　最近

のびのびは無敵だな!

キラキラした石なら魔石はどうだ?

低ランクなら安く手に入るぞ。

孤高の侍　最近

魔石が欲しいなら拙者がすぐに持っていくでござる。

貴腐人様　最近

ここは公平にギルドで購入するか依頼するのはどうですか?

「んー、依頼か……」

視聴者の中には探索者も多く存在し、ギルドで購入するか依頼をすれば良いとコメントが流れてきた。

スマホを見ているとドリが俺の脇腹を突いてきた。

「ん?　どうしたの?」

「これ!」

ドリの手にはたくさんの花が抱えられている。

最近、何かを見つける度にドリは俺に渡すようになった。

この前はミミズを見せてきて、俺は声を上げて驚いた。

隣にいた祖父は俺の声に驚いてしまい、体を捻って腰を痛めるという事故にまで繋がった。

ただの腰痛で安静にしていたら問題ないらしいが、それからは声をかけてから見せるようにと伝えている。

「俺にくれるのか？」

「ううん！」

どうやら首を横に振っているため、俺にはくれないらしい。

視聴者なのかと聞いたがそれも違うようだ。

「依頼を受ける人にあげるってこと？」

まさかと思って聞いてみると合っていたようだ。

俺が依頼について呟いていたのを聞いて、探索者達への感謝の気持ちを伝えたかったのだろう。

本当にドリは良い子に育っている。

「ここで一旦配信を……」

生配信を終えようと思った時にはすでに視聴者は退室していた。

俺達はすぐに探索者ギルドに向かった。

今回も外出ということで、ドリの希望で首元にスカーフを巻いている。

祖母がスカーフをたくさん持っており、お出かけする時にはスカーフを巻くのが当たり前になった。

器用な祖母はスカーフで花を作り俺は驚いて声も出なかった。

「あのー、依頼ってどうすればいいですか？」

受付嬢をしている女性に話しかけると、この間来たことを覚えているのかドリに手を振ってくれた。

「依頼はなんでしょうか？」

「魔石が必要になったのですが、自分で用意できないので依頼をしたいです」

魔石が必要なのは、探索者よりも一般人の方が多いとも言われている。

そのため、魔石を買い求める人がよくいるらしい。

「それなら在庫を探してみますね」

パソコンを使ってギルド職員は各地にある魔石の在庫を調べている。

「あー、今の時期は魔石の種類が少ないから、依頼をする形にしましょうか」

魔石は企業に卸すことが多く、各地のギルドで保管しているらしい。

基本的にはギルドを通して、企業に一定量の魔石を卸すことになる。

ちょうど今のタイミングは、今年の分の魔石を企業に卸したばかりで、各地のギルドでも魔石が品薄の時期らしい。

できれば依頼を出してほしいと鉄壁の聖女は言っていたため、ちょうどよかったのだろう。

「では緑か黄土色の魔石をよろしくお願いします」

ドリの好きな色である緑か黄土色の魔石を頼むことにした。

魔石にも様々な種類があり、緑の魔石は風を起こして、黄土色の魔石は地面を揺らす効果があったりするらしい。

それらをエネルギーの一部として、風力発電などで使っている。

「では魔石の質はどうしましょう」

「質ですか？」

俺の言葉に少し怪しんでいたものの、初めて買うと思われたのだろう。

優しく魔石の質について教えてくれた。

隣でドリが聞きたそうにしていたのもちょうどよかった。

どうやら魔石には質があるようで、簡単に言えば色が鮮やかなほどランクが高く、高価になるらしい。

「ちなみに真ん中ぐらいの魔石でいくらぐらいですか？」

受付嬢が紙に書いた値段表を取り出して見せてくれた。

そこに書いてある値段を見て俺は腰が抜けるほど驚いた。

一般的なCランクの魔石で数万はするらしい。

思ったよりも高かったが、それぐらいのランクじゃないと綺麗に見えないらしい。

「魔石なら俺が持ってこようか？」

そこに声をかけてきたのはこの間ぶつかった探索者だ。

ここで困っている人に声をかけるところが、コミュニケーション能力が高い営業職っぽさを感じる。

突然探索者が声をかけたため、ギルド職員も驚いていた。

「いや、それは助かりますがネット依頼にしてくれって頼まれたので」

視聴者からはこのギルド以外の他の探索者も依頼が受けられるように、ネット依頼というのにしてくれと言っていた。

「そうか。ならまた機会があったらよろしくな」

キラリと光る男の白い歯が眩しかった。

去る姿もどこか光っており、本当に彼は探索者なんだろうかと思うほどだ。

「パパ！」

「ん？」

「にひひひ」

ドリの方を見ると歯を出して笑っていた。

きっと先の探索者のマネをしているのだろう。

ただ、さっきの人とは違い前歯だけ出している。

「くくく」

そんなドリを見てギルド職員も笑っていた。

「相変わらずドリは可愛いな」

ドリを抱き上げて優しく撫でるとさらに笑っていた。

どこかギルド内の視線を感じるが、みんなギルド職員の女性が気になっているのだろう。

昔流行った漫画もギルド職員に恋をするのは鉄板になっていた。

「もう眩しすぎて目も開けられないわ」

「あっ、日差しが強かったですか？」

ちょうどお昼過ぎのため日差しが目に直接当たるのだろう。

遮断するようにそっと横に移動すると、俺の影でギルド職員の顔がはっきりと見えた。

「ダメだ……。キュンが止まらない」

女性はその場でしばらくしゃがみ込んでいた。

「パパ、だいじょーぶ？」

「あー、大丈夫ですか？」

俺も心配になり声をかけると、足元でゴソゴソとしていた。

「癒されて元気が出ました。よかったら飴ちゃんでもどうぞ」

「あみゃ？」

「小さくて甘いお菓子だよ。お子さんに食べさせても大丈夫ですか？」

「こちらこそありがとうございます」

ドリに飴を渡すために、隠してある飴を取り出していたようだ。

棒付きの飴をもらうと静かに舐めていた。

今まで飴を食べさせたことがないため、半透明に輝く飴を見て喜んでいた。

「やはり子どもは可愛いですね。それでは話を戻させていただきます。ネット依頼なら集まった魔石もギルドに売却ができるのでおすすめです」

ネット依頼は掲示板のようなものを使って全国へ依頼をかける。

その地域のギルドに依頼するよりもプラスして運送料はかかるが、早く依頼品が届くメリットがあるらしい。

せっかくなら早く魔石をプレゼントしたいから、ちょうど良いだろう。

「ならそれでお願いします」

話し合いの結果、Cランクの魔石を依頼することにした。

依頼料に関しては、依頼完了後にその時の時価の値段と運送料を振り込むと魔石を届けてくれるらしい。

魔石ならギルドで保存でき、支払いが間に合わなくても、探索者ギルドに納品されるため気軽に依頼することもできる。

「あっ、ひょっとしたら魔石が届いた時には間に合わないかもしれませんが、報酬に花束をつけておいてください」

袋に入った花束をドリに持たせてテーブルの高さまで再び抱き上げる。

ドリが育てた花で作った、キンセンカとコスモスで作られたオレンジとピンクの花束だ。

祖母が趣味でフラワーアレンジメントを習っていたため、花の種類は少ないが売っていてもおかしくない見た目をしている。

「ドリが育てたものなので、仏花なのは気にしないでいただけると嬉しいです」

キンセンカは仏花として使われていることが多い。

多少のアクセント程度なら良いが、ここまで多いと一言伝えた方が良いと祖母は言っていた。

「はい！」

職員は花束を手に取るとにこやかに笑っていた。

「わぁー、綺麗ですね。たしかにお預かりしました。早めに依頼を達成した方に報酬で送るようにしてておきますね。それにこんな綺麗な花に誰も文句は言わないと思いますよ」

「ありがとうございます。もし、花が悪くなるようであればお姉さんがもらってください」

せっかくドリが育てた花が枯れて捨てられるより、依頼を受けつけてくれた職員の手に渡った方が良いだろう。

「えっ……」

「では依頼をお願いします」

俺は住所や名前、連絡先を書いた紙を渡して帰ることにした。

「あれって私への告白――」

「それは違うわよ。ねぇ、さっきの人の依頼って私が受けても良いかしら？」

「えっ、貴婦人様が依頼を受けるんですか⁉」

「私が受けて何が悪いのよ。貴腐人でも依頼ぐらい受けるわよ」

「なら、ちょっと確認してみ……なぜかめちゃくちゃ依頼について問い合わせが来ていますよ」

「チッ！　報酬の花束で気づいたのね。とりあえず魔石を持ってくるわ」

その後、探索者ギルドのネット依頼が争奪戦になっていることを俺は知らなかった。

◇

【探索者ギルドネット依頼掲示板】

［依頼住所］　イーナカギルド

［依頼内容］　緑か黄土色のCランク魔石一つ
［制限時間］　早いもの順
［報酬代金］　魔石の相場
［追加報酬］　キンセンカとコスモスの花束
［特記事項］　花束が枯れればギルドで処分します

突然現れた可愛い依頼内容に目を引かれる者が多かった。

一般的に追加報酬は早く受けてもらいたい人が、追加でお金を払うことが多い。

そこに書かれていたのが、誰も見たことがない内容だった。

お金ではなくキンセンカとコスモスの花束だ。

こんなお金優先の時代に書かれたその言葉に探索者達はほっこりしていた。だが、そのほっこりも一瞬にして終わった。

すぐにこれが畑の日記ちゃんねるの配信をしているパパが、ドリちゃんのために依頼したものだとみんなが気づいたのだ。

そして事前にコツコツと情報を渡していた私もその一人に入っている。

私はこの日のために、夜な夜なダンジョンに潜って緑と黄土色の魔石を採ってきた。

Sランク探索者の私なら、Cランク魔石なんてすぐに集めることができる。

せっかくドリちゃんにあげるなら最高級の物をプレゼントしてあげたい。ただ、一人でSランク魔石を落とすアースドラゴンやウインドドラゴンを倒すのには限度がある。

仕方なく今回はAランク魔石をドロップするグリフォンとエルダートレントの魔石をソロで討伐して用意した。

報酬代金が魔石の相場と書かれているが、ギルド職員を脅して低く見積もってもらえばいい。

そう思っていたのに問題が発生した。

「なんで依頼が受理されないのよ！」

ネット依頼掲示板の回線が混雑して、中々依頼が受理されないのだ。

誰かが事前に情報をバラしたのだろうか。

いつのまにか動画配信の再生回数も伸びて、探索者達に火をつけた。

保存してある最新動画には探索者が次々とネット依頼を受けるとコメントにも書かれていた。

そこにはSやAランク探索者の名前もチラホラあった。

アカウント名と探索者の二つ名が同じだからすぐにわかってしまう。

パパさん見守る会やドリちゃん見守る会も、ひょっとしたら高ランク探索者がリーダーなのかもしれない。

みんなが一斉にネット依頼を受けようとしたため、ネット依頼の回線が混雑したようだ。

ページを何回も更新したが、受けた人の名前が記載されない。

きっと依頼は何かの影響で受理されているが、誰が受けたのかわからない状態になっている。

誰かわからないやつが採った魔石をドリちゃんにあげるわけにはいかない。

そう思った私は依頼のある部分に目をつけた。

それは依頼住所に書いてあるイーナカギルドだった。

イーナカギルドは奥地にある小さな町の探索者ギルドだったはず。

そこにいる探索者は引退が近い人か、お金が余って田舎暮らしがしたい変わり者ぐらいだ。

ダンジョンも小さくて、弱い魔物しか生息していない。

ダンジョンの近くには基本的に探索者ギルドが出来ると言われている。

きっとイーナカギルドで直接依頼を受けても、すぐにはCランク以上の魔石の依頼は見つからないだろう。

スマホの画面を切り替えて違うアプリを起動する。

「ジェット機の操縦士を予約……えっ、なんでこんな時に誰も空いていないのよ！」

所有しているジェット機ならすぐに着くと思った。

だから専用アプリで操縦士の予約をしようと思ったのに、探しても操縦士が中々みつからない。

たくさんあるお金を何に使うか困って、税金対策として買ったのにここでも役に立たない。

一般人がピンチな時に使えないジェット機なんて処分決定だ。

「あー、早く行かなきゃダメなのに新幹線って遅いじゃないの」

私は魔石を鞄に詰めてすぐに家を出た。

新幹線ならスマホで予約しながら向かうこともできる。

ここはポジティブに考えよう。待っててね、ドリちゃん。

今すぐに高級で良質な魔石を届けてあげるから。

六. 配信者、動画がバズる

「おはようございます」

「あっ、直樹さん朝からすみません。イーナカ探索者ギルドです」

突然の電話で目を覚ました。

どうやら声の主は、探索者ギルドの受付嬢のようだ。

こんなに朝早くから仕事をしているとは、探索者ギルドはブラック企業なんだろうか。

俺もついこの間までは朝まで働くこともあったからな……。

そのことを思い出すとどこか意識がぼーっとしてくる。

「っていうことがありまして……。あれ？　聞いてますか？」

「あっ、知らない間に寝ていたようです」

元から朝は弱いため、電話しながら寝ていたようだ。

すぐに意識をスマホから聞こえる声に向ける。

「何かあったんですか？」

「依頼が達成されたのでそのお電話をさせていただきました」

どうやら昨日依頼したばかりなのにすぐに完了したらしい。

それにしてもメッセージで連絡すると言っていたはずだが、何かが起きたのだろうか。

「それで問題がいくつか起きたので報告させていただこうかと」

「問題ですか?」

「はい。たくさんの探索者が一気に魔石を持ってきて、AランクやBランクといったCランク以上の魔石が次々と集まっているんです」

ネット依頼を見て魔石が必要だと思って集めてきてくれたのだろう。

探索者は思ったよりも市民に協力的なようだ。

ただ、Cランクの魔石でも数万円もする品物のため、それ以上の魔石は買うことができない。

「お金は払えないのでCランクの物で大丈夫ですよ」

Bランク以上は場合によっては、一〇〇万円近くすると聞いている。

Aランクになれば俺の手には届かない代物だろう。

そもそもそんなに貯金を残していないし、魔石に使うことができない。

「それが……お金はいらない。花束か直樹さんとお茶ができれば良いという声が多く上がっているんです」

「はぁん⁉」

電話越しに聞こえてくる言葉に耳を疑ってしまった。

大金にもなる魔石を花束か俺とお茶をするだけで良いという話が聞こえてきたのだ。

花束には少し価値はあるが、俺にそんな価値はないはずだ。

今まで彼女もおらず、キスすらした覚えがない。

「なので一応電話をしておこうと思ったんですが、早朝からご迷惑をおかけしてすみません」

「いえいえ、こちらこそ少ない額しか払えず申し訳ないです」

俺は電話を切ろうと思ったが、少し疑問に思うことがあった。

それは普段からこんなにネット依頼を受ける人がいるのだろうかってことだ。

「魔石のネット依頼ってこんなに人気なんですか？」

「いえ、普段だともう少し時間はかかるので、お伝えしたように大体一週間後に連絡するつもりでした」

どうやらギルド自体も予想していないレベルで魔石が準備できたため、ギルドから急いで連絡が来たらしい。

「ちょっと確認してもいいですか？」

ひょっとしたらと思い、動画配信投稿サイトを開くことにした。

そこで俺は異常な光景を目にする。

「えっと……再生回数が一〇万回を超えている⁉　コメントも……なんじゃこりゃ！」

コメントはズラズラと見たことない名前も書かれていた。

前よりも何十倍と増え、少なからず動画が何かのタイミングで注目を浴びたことになる。

これがソーシャルネットワークや動画配信投稿サイトで言われている〝バズる〟ってやつだろうか。

再生回数一〇万回と言ったら有名なダンジョン探索の配信者がそれに当たる。

それだけ俺の調べた中でバズるのは難しいことだと認識していた。

「今すぐに追加で花束を持っていくので依頼をストップしてください」

「わかりました！　依頼は止めているのでゆっくり来てくださいね」

電話を切ると大きくため息を吐く。

朝から受付嬢の電話で疲れてしまった。

こんなことが起こるとは誰も思わなかっただろう。

依頼を受ける人が急に増えたのも、探索者の中で動画が広まったからに違いない。

「パパ？」

そんな俺をドリは心配しているようだ。

お小遣い程度で稼ぐために動画配信を始めて、今ではドリの親を捜すためにも配信を続けている。

でも、ここまで影響が大きくなると平和な日常が少し脅かされるような気がした。

それにバズればバズるほど、ドリと離れる日が早くなってしまう。

きっと覚悟しないといけない日が来るのだろう。

とりあえず朝食を食べるために居間に行くとすでに祖父母が待っていた。

「朝から騒がしいな。今日は収穫の日だろ？　そんなに楽しみにしていたのか？」

今日は祖父とトマトを収穫する予定だった。

認知症なのにドリとの約束だから覚えているのだろう。

前からドリも楽しみにしていたからな。

祖父の刺激にもなっていたドリが離れることを考えたら気が重い。

「いや、昨日行ったところで問題が起きたらしいからそこにまた行かないといけないんだ」

「そうか。なら収穫はやって――」

さすがに祖父一人で収穫をさせるわけにはいかない。

「いやいや、じいちゃん一人に任せられないよ。トマトの収穫をしてから探索者ギルドに向かうよ」

「探索者ギルド?」

祖父は探索者ギルドという言葉に何か反応を示した。

今までギルドの話をすることがなかったため、何か思い出したのだろうか。

母は探索者でもあったため、その話題については避けていた。

いつかは話してみるのも良いのかもしれないと思った。

急いで朝食を食べ終えると、野菜の収穫に向かう。


早速スマホを準備して、収穫するところを生配信していく。

一応種まきから収穫まで配信できたことになるため問題はないだろう。

「皆さん、おはようございます」

今日は生配信を始めたタイミングでたくさんの人が動画を視聴してくれてる。

どんどんと挨拶のコメントが返ってきた。

いくらなんでもまだ仕事に行く前なのに見ている人が多すぎだ。

「ひょっとして皆さん探索者ですか?」

見たこともない名前がコメントに次々と流れていく。

そのほとんどが探索者のようだ。

「皆さんにお願いがあります。先程探索者ギルドから依頼について連絡が来ました。今回はそのことについて少しお話しさせていただきます」

名無しの凡人　最近
何かあったんですか？
孤高の侍　最近
拙者の魔石では足りませんでしたか？
貴腐人様　最近
私はBランクの魔石を一〇個ほど納品しておいたわ。
「高位ランクの魔石の代金をお支払いするお金はないため、みなさんのお気持ちだけ受け取ります」
犬も歩けば電信柱に当たる　最近
金なら気にするな！
幼女を見守る人　最近
お金ならいらないぞ！
欲しいのはドリちゃんの花束だ！

パパを見守る人　最近
私はパパさんの作ったお野菜が食べてみたいです。
もし、よかったらハートポーズも欲しいです。

きっと代金の代わりになるものってことで色々提案しているのだろう。

次々とコメントに希望する案が書かれていく。

花束や野菜が欲しいならわかるが、ドリとのチェキ会や俺とのデートなどわけのわからないものも交ざっている。

実際に花束はドリの提案で気持ち程度にしか考えていなかった。

それがこんなに希望があるなら、手伝ってもらった人達に配っても良いかもしれない。

「俺自身が田舎出身でお茶やデートとかもしたことがなくて、楽しませることができないのでパスでお願いします」

俺とお茶やデートをしたいとの意見にはちゃんと答えておいた。唯一できるのは一緒に畑を耕すことぐらいだ。

それなら一緒にいつでもできる。

「依頼を受けていただいた方には花を送りますので、今回はギルドに魔石を卸してください。ご迷惑をおかけしてすみませんでした」

それだけを伝えると俺は祖父とドリが待つ畑に向かった。一方、一部の視聴者が暴走していたようだ。

桃色筋肉　最近
あんなにイケメンなのにデートしたことないって!?

未婚の母　最近
これは優良物件よ。

パパを見守る人　最近
ここは私達の出番ですね！

デートをしたことがないという発言に対して、コメントがどんどんと流れていく。

畑作業をしている俺は視聴者同士のバトルを見ていなかった。


「本当にここでできたトマトか？」

深紅の宝石のような輝きを放つトマトは、今にも中のゼリー部分が飛び出しそうなぐらい果肉が膨れ上がっている。

みずみずしい姿に今すぐかぶりつきたくなるぐらいだ。

畑の半分以上はそのまま荒れた状態だが、その中でトマトだけが異様に赤く輝いている。

きゅうりやレタスもあと少しで収穫の時期を迎えるだろう。

まだ畑を始めて一ヶ月も経っていないのに、収穫作業ができるとは思わなかった。

これもドリのおまじないが効いているのだろうか。

「パパ！」

満開に咲いた花をドリも集めてきた。

笑顔で駆け寄ってくる姿が愛らしく、どっちが花なのかわからないほどだ。

花束を作ることを説明すると、嬉しそうに花を摘んできた。

「こんなにもらってもいいのか？」

「うん！」

少しは残すかと思ったが全て引き抜いて持ってきた。

せっかく咲いた花もすぐになくなり、花壇はまた土だけに戻ってしまった。

「またお花の種を買ってこないとね！」

次は花畑を作って、たくさんの種類を植えるのも良いだろう。

夏にはひまわり畑を作ってドリと一緒に迷路を造るのも良い。

やりたいことがどんどんと溢れてくる。

ただ、今の俺は全力で笑うことはできなった。頭によぎるのはドリとのお別れだ。

午前中に収穫を終えると、すぐにトマトと祖母が作ってくれた小さなブーケを車に詰めて、探索者ギルドに向かう。


「わー！」

「どこか掴まないと危ないぞ」

大きく揺れる振動も、ドリにはアトラクションに乗っている気分なんだろう。

ワンボックスカーも元々は畑をやっていた時に祖父が乗っていた物だ。

室内も汚れていてだいぶ古くささを感じる。

車を一時間ちょっと走らせて、探索者ギルドにやっと到着した。

今回はカートにたくさんの野菜と花束を運んでいく。

ドリもお手伝いして、花束を持っていくが正直言うとドリの方が可憐で愛らしい。

中に入るとギルド内は慌ただしくなっていた。

「その魔石はどこからですか？」

「こっちは関西支部からだ」

「こっちは四国支部からだぞ」

ギルドの職員は忙しいのかバタバタとしている。

中にいる探索者達もいつもより人数が多くいるような気がした。

「直樹さーん！」

昨日依頼を作成してくれた受付嬢が気づいたのか駆けつけてくれた。

「あのー、ご迷惑をおかけ――」

「宣伝してくれて助かります！」

「えっ？」

どうやらあの依頼のおかげで、たくさん魔石がこのギルドに納品されたらしい。

そのまま企業に卸すことで、利益の一部がこのギルドに入ってくる仕組みのようだ。

あまり仕事が回ってこないこのギルドで働く職員は、他のギルドと比べたら給料が少ない。

「ひょっとしたら賞与が増えるかもしれないんですよ」

迷惑をかけたと思っていたが、ギルドに良い効果を与えたのであれば少しは気持ちが軽くなる。

ギルド職員はお金や魔石が足りなければ、自分達でダンジョンの探索をしないといけないらしい。

「よかったら関わった探索者達に花束を配ってもらってもいいですか？　あとはトマトも収穫したのでギルド内で食べてください」

「これって本当にトマトですか？」

異様に大きいトマトに探索者達も含めて目が引きつけられている。

俺も見たことないほどの大玉トマト。

早く成長したため、虫や鳥などにも食べられずに済んだ。

「初めて作った野菜なので、まだ売り物にできるレベルでもないですし」

野菜はできてもまだ販売方法を決めていない。

そもそも包装方法や値段も考えていなかった。

「あのー、良ければそのトマトを頂いてもよろしいですか？　できれば二つ欲しいわ」

探索者の中では珍しく綺麗な身なりをした女性が声をかけてきた。

よくテレビに出てくる美魔女とはこういう人のことを言うのだろう。

「貴婦人様もトマトを食べるんですか!?」

「この間から失礼よ！　貴腐人でも野菜ぐらい食べるわよ」

持ってきた袋にトマトを入れて女性に渡す。

「よかったらいつか感想が欲しいです」

「ありがとう。いつも応援しているわ」

応援してもらうほど、探索者ギルドで何かした記憶もない。

ひょっとしたら彼女も畑の日記ちゃんねるの視聴者なのかもしれない。

その後もギルドの職員や探索者にトマトを配って家に帰ることにした。

みんなバタバタしていたため、肝心の魔石をもらってくるのを忘れていた。

◇

「鉄壁の聖女がこんなところで何をやっているのかしら？」

「貴婦人さーん！」

ひっそりと壁に隠れていると思ったら、ずっと畑の日記ちゃんねるを配信しているパパとドリアードを見ていたようだ。

私と同じSランクで探索者業界では有名な彼女は、ある二つ名を持っている。

――バーサーカーの姫君
普段の性格と戦っている時の彼女は別人のような姿であることから今の二つ名がつけられた。

私も初めて見た時は死ぬかと思ったぐらい敵味方関係なく襲ってきた。

それが彼女の強さであり、誰にも頼ることができないという弱さなんだろう。

そんな彼女は二つ名とは異なり、思っていたよりも引っ込み思案な性格をしていた。

「あなたの分ももらってきたわよ」

袋に入っているトマトを彼女に渡すと嬉しそうに笑っていた。

彼女はわざわざ魔石を直接渡すために、この町のギルドに来た変わり者だ。

どうやらドリアードのドリを推しているらしい。

私もあの幼女がドリアードだと気付くまでに時間がかかった。

Sランクの私でも見抜けないほどドリは魔物に見えない。

何か特殊なスキルを持っている人であれば別だろうが、常にダンジョンにいた彼女だからすぐに気づけたのだろう。

それだけドリは人間のような動きと見た目をしている。

一方の私はどちらかといえばパパの方を推している。

ただ、あの様子だとパパは探索者ではないようね。

一般人と魔物であるドリアードは一緒にいることが許されない関係だが、あのパパを傷つける人がいたら私は問答無用で毒沼に落とし入れるだろう。

それは目の前にいる彼女も同じだと思う。

「へへへ、ドリちゃんの作ったやつだ」

今もトマトに頬擦りしてニヤニヤしながら笑っている。

私としては早く決まった男性パートナーと仲良くなってほしいものだ。

正確にいえばドリではなく、パパが作った野菜だ。

私もパパが作ったと思うだけで、トマトの果肉が潰れる勢いで頬擦りしたくなる。

だが、今はそれどころではない。

「あなたはこの野菜を見て、何か気にならないかしら？」

「トマトですか……？　あっ、魔力が宿ってますね」

「きっと低ランクの探索者は気づかないだろうけど、あなたにはわかるようね」

基本的に魔力が宿った食材はダンジョン内でしか手に入らない。ただ、ドロップ品でも珍しいため、以前魔力が宿った魔物の肉が家一軒は買えるほどの値段で売れたぐらいだ。

少ないけれど、このトマトから魔力を感じられる。

過去にダンジョンで栽培の実験をしたという報告はあるが、どれも失敗に終わっている。

それだけ魔力を含んだ食材が手に入らないのが常識だ。

しかし、目の前にある野菜は魔力を宿している。

私達Sランクの探索者でもこの事実に驚きを隠せない。

魔法が使える私だからこそ、敏感に感知できたのかもしれない。

「食べたら怪我や病気が治る野菜。そんな野菜が作れると知られたら、あのパパ達の運命は変わってしまうわね」

少ない魔力では変化に気づかないだろう。だが、食べ続ければ何かしらの変化はきっと起きるはず。

私も体内に魔力をより多く溜めることが出来れば戦い方はさらに変わるだろう。

これまで、自分の持っている魔力が多くなると発表されたことはない。

魔力は生まれつき持っているもの。

探索者になる才能は、生まれつき持っている魔力とスキルによって決まる。

そこからどのような人生を歩むかで私達の力は強くなる。

このトマトがそんな探索者の運命を変えることができるかもしれない。

「本当に魔力がどれくらいあるのか、友達の鑑定士に渡して調べてみる」

彼女はそう言っているが私の方をチラチラと見ている。

本当にあの人達のことが好きで、自分のトマトを鑑定士に渡したくないのだろう。

「少し待っていなさい」

そう言って私はギルド内にいる低ランクそうな探索者に声をかけた。

「ちょっと、そこの坊やいいかしら？」

「はい！」

突然声をかけられた探索者は驚いていた。

それは私がSランクだからではなく、この服装が原因なんだろう。

胸元が大きく開いたドレスに男の目は釘付けだ。

「あなたのトマト譲ってくれないかしら？」

「えっ？」

これではまだトマトの方が魅力的だろうか。

「それならこのお金でどうかしら？」

私は胸元から札束を取り出す。

魔力入りのトマトと比べると一〇〇万円なんて紙切れ同然だ。

それにこれはあのイケメンパパさんが丹精込めて作った我が子のようなトマト。

「俺は金の方がいいから助かる。今日の夜よかったら――」

「あら、ごめんね。私、女性が好きな男性に興味がないの」

私は貴腐人。

腐女子から進化した立派な大人。

一般的な男性は全く興味がない。恋をしたのもあの一度きりだ。

胸から現金を取り出したのも、私のカップリングの題材を探すため。

もし、胸に興味がなければ私の妄想の世界の登場人物になるわ。

愛しのパパさんのようにね。

私は彼にお礼を伝えると彼女の元へ戻った。

「へへへ、貴婦人さんありがとう」

私がトマトを渡すと嬉しそうに笑っていた。

戦闘時からは考えられない、優しい笑顔も彼女の魅力だ。

「じゃあ、私は――」

「貴婦人さんお礼に受け取って」

私はAランクの魔石を二つ渡された。

きっとドリアードのために準備したのだろう。

「魔法職の私が有意義に使ってあげるわね」

あのトマトがこの魔石以上の価値になることをあの場にいる人やパパさんは知らないだろう。

七．配信者、梅雨を楽しむ

「もうそろそろ雨が降りそうだな」

きゅうりやレタスの収穫も始まった頃に、全国で梅雨入りが発表された。

雨が続くこの季節には畑ではやらないといけないことがたくさんある。

野菜が成長するには水が必要になるから良いと思ってしまうが、水分を過剰に与えすぎると病気や害虫が多くなる。しかも、今植えているトマト、きゅうり、レタスは雨に弱い種類と言われている。

それだけ梅雨に向けて土壌や湿度の管理が重要になってくる。

幼い時に観察していたナメクジやカタツムリも野菜にとっては天敵だ。

「じゃあ、この支柱を刺して屋根を作ろうか」

まずは雨が直接触れないようにビニールを使って雨よけを作っていく。

刺した支柱とアーチ型の支柱を組み立てた物にビニールシートを固定すれば簡単にビニール屋根ができる。

雨が直接当たらなければ良いため、大きなビニールハウスが用意できなくても、小さなものを用意していれば問題ない。

幸い畑の範囲を大きく広げていないため、作業も少なくて済む。

便利な時代になったおかげで、道具も一〇〇円ショップでもある程度揃うらしい。

ただ、この辺では一〇〇円ショップを探して行くよりもホームセンターに行った方が近いし道具が早く揃った。

「広げるぞ！」

祖父の合図に合わせてビニールシートを広げる。

「ふわふわ！」

ふわっと広がるところを見て、ドリはその間に入っていこうとする。

ビニールシートにでも包まれたいのだろうか。

俺も小さい頃に同じことをしたのを思い出す。

「危ないから出るんだぞー！」

「ぶう！」

ドリに注意すると、頬を膨らませながらビニールシートから出てくる。

特に危ない作業ではないが、既に今日の夜から雨の日が続くと週間天気予報では言っていた。

なるべく今日中に梅雨対策を今使っている畑でやっておきたい。

「ここはこんなに開いて大丈夫？」

「ああ、それで問題ない」

一般的に雨対策と言えば、全体が覆われたビニールハウスを思い出すだろう。ただ、準備している雨よけは上の部分だけビニールが被っている傘のような感じだ。

空気の通りがないとカビが発生するため、側面は塞がずに上のアーチ部分だけにビニールを固定するらしい。

それができたら今度は水はけの改善だ。

雨が当たるのは問題なくても土壌中の水分が多くなると、根の酸素不足になり根が腐ったり、栄養不足になる。

害虫も増えたらあっという間に野菜は食べられてしまうだろう。

排水を良くするには畑周囲に溝を掘り、そこから外に水が流れていくようにしていけば問題ない。

前回雑草を処理するために除草剤を使おうとしたらドリは嫌がった。

土質の改善も同様に人工のものは嫌がっていたため、今回も牛ふん堆肥などの有機堆肥を使うことにした。

「割合はこれでいいのか？」

前回と同じで牛ふん堆肥と腐葉土を混ぜて撒こうとしたらドリに止められた。

相変わらず力強く、大人の俺の動きを封じるほどだ。

「堆肥はいらないのか？」

「うん！」

祖父は何かを考えているのか、しばらくすると思い出したかのように倉庫に戻って行く。

「たぶん、動物質堆肥の分量が多いんじゃないか？」

牛ふん堆肥と腐葉土は同量の一対一で混ぜている。

ひょっとしたらそのバランスが違うのかと祖父は思ったらしい。

畑をやっていた時は肥料や土の酸度を測って石灰を撒いたりしていた。

雨が多い日本ではそもそも土の中が酸性に傾いてしまう。

石灰を入れることで調整していたが、この畑はそういう手入れは必要なく、やっているのはドリとのおまじないだけだ。

謎の畑に今まで動画で見てきた畑の再生の仕方や祖父の知識でもわからないことばかりだ。

祖父は倉庫から腐葉土が入った袋を持ってきた。

堆肥は腐葉土のような植物性堆肥と牛ふん堆肥のような動物性堆肥に分けられる。

「植物性堆肥は土壌改良が主になるが、動物性堆肥は肥料の効果が強いのを忘れていた」

この間も追加で肥料をあげようとした時も止められた。

そろそろ時期だと思ったが、早く育つこの野菜達には肥料を多くしても良いってわけではないらしい。

「腐葉土は必要か？」

「いらにゃい！」

祖父がドリに確認すると首を振っていた。

せっかく持ってきたのに、いらないと言われて少し寂しそうに片付けに戻った。

「堆肥が必要ないなら何がいるんだ？」

「のびのび！」

どうやら本当におまじないが必要らしい。

初めは畑作業に少しずつ慣れつつ、土壌を元に戻すためにやっていた。

それが今ではドリの言う通りにやりつつ、祖父の知識で管理していけばちゃんとした野菜ができるようになった。

「あとはマルチングをすればよかったっけ？」

マルチングとは地表面にポリエチレンフィルムなどのシートを被せることだ。

初めて苗や種を植える時にやっていなかったため、この機会にしっかり管理するつもりだ。

今回はシートではなく、敷き藁をするために藁を用意している。

「ワラワラ、ワラワラ、藁が笑ってる」

「わりゃわりゃ、わりゃわりゃ」

作業中は俺とドリはいつも謎の歌を口ずさむ。

今ではこれがないと落ち着かなくなってきた。

「それはどんな歌なんだ？」

「わりゃうひゃ」

「ははは、歌がうひゃになってるよ」

「うひゃ⁉」

藁に釣られてうひゃと言ってしまうのだろう。

ここまできたら〝歌〟なのか驚いているのかもわからない。

相変わらずドリは舌足らずなところも可愛い。

「雑草抜きは腰が痛くなるからちょうど良いね」

マルチングをすれば耕さなくても済むため、今度はもう少し楽になるだろう。

時間が空いたら今度はじゃがいもでも育ててみようかな。

「この時季は結構大変だけど、我が家には女神様がいるから大丈夫だな」

「めぎゃみ？」

「ドリのことだぞ」

俺がドリの脇腹をくすぐると、ドリは笑いながら手を叩いていた。

子どもの時ってくすぐられると敏感に反応するからな。

「メッ！」

「えっ……」

びっくりして止まるとドリは怒っていた。

初めてドリに怒られたことに、悲しいよりも少し嬉しい気持ちが勝っていた。

その後も何回かくすぐっていたら、本当に怒って頭突きをしてきた時は死ぬかと思った。

ドリはかなりの石頭だった。


次の日、天気予報通りに雨が降った。

「でんでん虫々かたつむり」

「かたちゅむり」

「お前の頭はどこにある」

「ここにありゅ」

「うん？　それはドリの頭だよ」

「うん！」

梅雨に入ると雨の日が増えて特に畑ではやることがなくなる。

雨の日に野菜に触れ、野菜に傷口ができることでそこから病原性の細菌が入ることがある。畑に入っても土がドロドロになって粘土化しやすくなってしまう。そのため、俺達は廊下に座り込んで外を眺めていた。

「やることなくて暇だね」

「だね！」

外を眺めても特にやることはない。

雨がただ音を立てて降っているのを眺めるだけだ。

むしろ近くを一生懸命移動しているカタツムリの方が今は働いているだろう。

畑にカタツムリがいるのはすぐにでも対処しなければいけないが、家にいる分には問題ない。

むしろ梅雨らしくて趣を感じられる。

それにしても何もやることがなくて暇だ。

「よし、久しぶりにあれをやるか」

「あれ？」

声がする方に振り向くと、パンツだけ穿いた祖父が廊下から外に出た。

「ちょ、じいちゃん裸で出たら警察に捕まるよ」

トイレに失敗したのか、その後ろからはズボンを持った祖母が追いかけてきていた。

「天然のシャワーだ！」

大きく手を広げている祖父はどこか心地良さそうだ。

都会でこんなことをしたら、警察がすぐに駆けつけて補導されてしまう。

ここには遠くに小嶋のおじさんが住んでいるだけで、俺達家族しかいない。

「俺らもやるか」

それならと急いで靴下を投げ捨てる。だが、俺よりも早くドリは服を脱いでいた。

「ドリ、ちょっと待った！」

突然止められたことに少し怒っている気もするが、俺は急いでドリに服を着させる。

子どもは風邪をひきやすいため、さすがに祖父のマネはさせられない。

「パパ？」

「俺とお揃いだ」

「いっちょ！」

俺と一緒で靴下だけ脱ぐことを伝えるとドリは喜んでいた。

「じゃあ行くぞ！　せーの！」

俺とドリは手を繋ぎながら、勢いよく廊下から大きくジャンプした。

すぐにドリは祖父の元へ向かった。

「びちゃびちゃ」

水溜まりの上を何度も跳んで泥を飛ばす。

買ったばかりのドリのワンピースは泥だらけになっていた。

祖父もドリに負けじと水溜まりでバタバタする。

お互いに子どもみたいにはしゃぐ姿を見て微笑ましくなる。

この季節は部屋干しですぐには乾かないし、臭いも気になってくるが祖母は特に気にすることもなく微笑んでこっちを見ていた。

俺も水溜まりに足をつける。

畑で作業している時は常に長靴を履いているし、日常生活で泥だらけになるところを裸足で歩くことはない。

久々に素足で地面を踏みしめて自然を感じる。

「ははは、何で今までこんなに縛られていたんだろうな」

外に出る時は服を着て出ないといけない。

それは人間として当たり前のことだ。

それもここでは同じように縛られることはなにもない。自由に生きていける。

考えれば毎日謝ってばかりで、寝る時間もなく仕事をしていた。

常に叱られていたら、何が良くて悪いのかも感覚がなくなっていた。

どこか距離感が近くて息苦しさを感じていた田舎も、都会よりはのびのびと生きやすいと感じる。

なぜあんな辛い思いまでして都会に出たのか、今では疑問に思ってしまう。

記憶は曖昧だが辛かったのだけは覚えている。

「俺、頑張ってたんだな」

ひとすじの涙が頬を伝う。

それは環境が変わっても思い出しただけで涙が出てくるほどだ。

辛かった気持ちが雨と共に流れていく気がした。

きっと雨で俺が泣いていることに誰も気づかないだろう。

「パパ？」

そんな中、ドリが心配した顔で声をかけてきた。

なぜかいつもドリにはすぐにバレてしまう。

俺はしゃがみ込んでドリと目線を合わせた。

「だいひょうぶ！」

そう言ってドリは俺の頭を撫でる。

どうやら急に静かになったため、ドリは心配したのだろう。

ドリが大丈夫と言えば本当に大丈夫な気がした。

ドリには人を元気にする力があるのだろう。

「ははは、ありがとう」

たまに子どものはずのドリが大人のように感じることがある。

いつも隣で励ましてくれる姿に俺は自然と笑顔が溢れて元気になる。ただ、頭を撫でるときに高速で手を動かすからハゲそうだ。

「わしにもやってくれんか？」

祖父もドリの前に来ると頭を突き出した。

ここ最近、俺ばかりドリに構ってもらっていると、祖父が子どものように接してくることが増えてきた。

「じいじも？」

ドリは祖父の頭に手を置く。

そのタイミングで嫌な予感がした俺はドリの手を掴んだ。

「ドリ優しくな」

「うん！」

頷いたドリは手を動かした。

俺よりも力を入れず優しかったが、それでも動かすスピードは速かった。

俺の目でもドリの手の動きに追いつけないほどだった。

祖父も嬉しそうだから気にしていないが、雨に流れていく祖父の髪の毛にどこか儚さを感じる。

「早く戻らないと風邪をひくよ」

タオルを持った祖母が廊下で待っていた。

そろそろ水遊びも飽きた俺達はドリと共に廊下に戻る。

「ばあちゃんありがとう」

「ありあと！」

「こうやって遊ぶのも久しぶりね」

タオルを受け取ると体を拭いて、タオルを敷いた廊下に腰掛ける。

足は泥だらけのため、足だけ外に出して雨で土が流れ落ちるのを待つ。

「じいちゃんも風邪ひくよ！」

声をかけても祖父はずっと地面を見ていた。

何かあったのだろうか。

「直樹……」

「ん？」

「わしの大事な髪の毛が抜け落ちた」

水溜まりに浮かぶ自分の髪の毛を見ているのだろう。

さっきドリに高速で撫でられて髪の毛は一瞬のうちに抜けた。

あまりの速さに痛みも感じなかったのだろう。

そもそも雨に濡れたら、髪の毛が抜けるという都市伝説もあるぐらいだ。

大事な髪の毛なら初めから天然シャワーだと言って、外に出なければいいのに……。

「ああ、それ俺の髪の毛じゃないか？　ほら、俺とじいちゃんって髪質が似ているからさ」

「ははは、そうだよな」

咄嗟に嘘をついたが祖父はそれで納得して戻ってきた。

年老いて認知症になっていくと子ども返りをしていく。

その結果、天然シャワーを思いついたのだろう。

そういう祖父の幼さは、今の俺にとっては居心地がよかった。

「はい、タオル」

戻ってきた祖父をタオルで拭いていく。

風邪をひけば何日も長引くし、命にも関わってくる。

それでも梅雨で憂鬱になっていた気持ちが少しは晴れた気がした。

「じいちゃんありが――」

「直樹、これはこのままで良いのか？」

せっかくの良いところを遮って祖父は話しかけてきた。

祖父が指さしたところに目を向けると、立てかけたスマホが置いてあった。

「うっ……うわあああああ！」

俺は急いでスマホを手に取ると、画面上にはたくさんのコメントが流れていた。

あれから配信をしばらく休みにしていたが、暇だったのもあり無意識で配信していたのだろう。

祖父がパンツだけではしゃいでいる映像が、ネットを通して全ての人に配信されてしまった。

最悪アカウントの停止も覚悟していたが、最近覚えた自動録画もしていなかったのが不幸中の幸いだろう。

「皆さん、見苦しい映像をお見せしてすみません」

名無しの凡人　最近
元気そうでよかった。
ずっと心配していたぞ！

孤高の侍　最近
拙者も全裸でダンジョンに行こうとしたら、仲間に止められたでござる。

貴腐人様　最近
濡れたパパさん最高だわ。

あれは絶対に受けに決まっているわ。
帰ってきてくれてありがとう。

鉄壁の聖女　最近
あれから配信もなかったので元気な姿が見れて安心しました。
できれば私も交ざりたかったです。

桃色筋肉　最近
いやーん、あたしもぐちょぐちょになりたかったわ。
侍の全裸なんて需要はないからね。

こんなにも畑の日記ちゃんねるを待っている人がいることを俺は知らなかった。
きっとこれは恵みの雨なんだろう。
泣いてどこか吹っ切れた俺は配信を再開することにした。
最後まで俺達家族を優しい視聴者に見届けてもらいたかったのかもしれない。

八．配信者、突然の出来事に驚く

あれから数日が経ち、梅雨も少しずつ落ち着いてきた。

梅雨でも収穫できるものもあるため、急いで収穫して雨を拭き取って涼しい倉庫に入れる。

そんな中、畑で作った野菜が少しおかしいと気づいたのはいつだろうか。

「これって本当に食べてもいいのかな？」

「見た目は大丈夫そうだけど、お腹を壊してもばあちゃん知らないよ」

目の前にあるのは大きく実った真っ赤なトマトだ。

そのトマトを今食べるか迷っている。

普通であれば気にせず口に入れるが、このトマトだけは別だ。

「収穫したのって梅雨に入る前だよね？」

トマトは適温ならそのまま直射日光の当たらないところで保存すれば問題ない。

この時季なら暗いところで保存していれば問題ないが、収穫したトマトをそのまま日が当たるところに置いたまま忘れていた。

しっかり涼しい場所であれば問題ないが、少しずつ夏に向かって暑くなっている家の中で常温放置されたトマトは傷んで腐っているはずだ。

まだ我が家ではエアコンもつけていない。

「ドリは食べても大丈夫だと思う？」

「うん！」

笑顔で答えられたら、逆に食べないといけない気がしてきた。

目の前に置いてあるトマトは収穫した時のままの状態で落ちていた。

見た目も変わらず、ぶよぶよにもなっていない。だから、食べるかどうか迷ったのだ。

生産者としては変わった畑でできたトマトが、新種のトマトかもしれないって思うのは普通のことだ。

それを証明するためにも食べてみないと何も始まらない。

包丁を取り出して、トマトに軽く押し当てる。

スッと軽い力で包丁を通すと、すぐに中のゼリー部分が溢れ出てきた。

よく切れる包丁で素早く切ればゼリーは飛び出さないと聞いたが、どうやらうちのトマトは違うようだ。

古くなったトマトだからゼリーが飛び出したわけではなく、この間収穫したばかりのトマトを丸《まる》齧《かじ》りした時も同じだった。

食べ終わった時には、ドリの服は鮮やかな真っ赤に染まっていた。

これが今の畑で作っているトマトの特徴だ。

パンパンに膨れているのも、中からゼリーが押し出そうとしているのかもしれない。

切ったトマトをビクビクしながら一口食べてみる。

「あれ？　普通にうまいな」

味の質も落ちているわけでもなく、数日経ったトマトなのにみずみずしさが残っていた。

中も変色しているわけでもなく、ゼリーも今まで食べているトマトと変わりない。

「さすがにそんなはずは……えっ？　美味しいわね」

祖母も疑いながら食べるとやはり俺と同じ意見だった。

どうやらあの畑から採れる野菜は他の野菜と少し変わった品種のようだ。

「ごめんくださーい！」

そんな中、家の扉を開けて誰かが訪れた。

玄関のチャイムが壊れて鳴らないのだろうか。

この家に来るのは養鶏場のおじさんぐらいだが、明らかにいつもの聞き慣れた声ではない。

すぐに祖母が対応すると、俺を呼んだ。

玄関にはスーツを着た男性が立っていた。

綺麗にされた身だしなみは、どこかこの田舎とは合っておらず違和感を覚える。

「どうしましたか？」

「本日は探索者ギルドで配られた野菜についてお話が聞きたくて伺いました」

きっとこの間配ったトマトのことを言っているのだろう。

今まで野菜を渡したのはギルド関係者と小嶋養鶏場のおじさんぐらいだ。

ギルドに関わっている人か、視聴者が野菜を宣伝したのだろうか。

「単刀直入にいいます。我々に野菜を売る気はありませんか？」

挨拶をするわけでもなく、名乗ったわけでもない。

突然急に用件だけ伝えられると少し怪しんでしまう。

同じような仕事をしていただけ、第一印象が大事なのは俺も知っている。

いつも目の下を真っ黒にしていた俺が言うのもあれだが、生産者に対する営業者なら失格だ。

それでも彼の提案に祖母は喜んでいた。

もちろん俺も野菜を卸してほしいと言われて嬉しくないはずはない。ただ、今さっき問題が発生したばかりだ。

新種のものかもしれないということと、謎に賞味期限が長い可能性があるトマトを簡単に売り出せない。

得体の知れないわけのわからない野菜を売って、問題が起きてからでは対応が遅くなる。

ひょっとしたら今美味しく食べたトマトが悪さをして、数時間後にお腹が痛くなるかもしれない。

「すみません。まだ試作段階なので、売ることはできないんですよ」

それを調べるまでは売り物にはできないだろう。

その事情を知っていたら、俺でもしばらくは営業するのをやめるだろう。

「そうですか……。探索者ギルドから直接卸売業者の私達に依頼をしてきたけどそれでも断るんですか?」

断るとさっきまでの雰囲気とは打って変わり、高圧的な態度を示してきた。

明らかに生産者を下に見ている証拠だろう。

どこか俺の嫌いだったやつの影が後ろでチラついている。

「はぁー、本当に生産者は馬鹿ばかりだ」

同じ卸売業に勤めていた俺でも流石にこの対応はしない。

むしろ生産者あっての卸売業だ。

その生産者を馬鹿にするのはどんな人でもやってはいけない。

「探索者ギルドと関わっているなら、協力しないといけないことぐらい知っていますよね？　いや、田舎者だから知らないのか」

彼から出てくる言葉に生産者側へ対する感謝の気持ちを全く感じなかった。

あまり怒ったことのない温厚な俺でもイライラするぐらいだ。

「おい、田舎に文句をつける気か？」

そんな中、奥で話を聞いていた祖父が怒って玄関まで出てきた。

元生産者として怒りが溢れ出たのだろう。

祖父は今の俺と違い、プライドを持って畑仕事をしていた。

決して俺にプライドがないわけではないが、祖父と比べると天と地ぐらいの差はあるだろう。

「探索者ギルドの命令は絶対ですよ？　それを断るって非国民――」

たしかに探索者ギルドからの頼みはある程度、国を守るためにも受け入れてほしいと国から発表されている。

ただ、探索者ギルドが関わると、ここまで一般の人が横暴な態度になるのだろうか。

「おい、それは聞き捨てならないな。お前みたいな卸売業者で働くやつが生産者を馬鹿にするとはどういうことだ！　探索者ギルドがどうこうってそんなの俺達生産者には関係ない」

俺の怒りが爆発する前に祖父が爆発していた。

言いたいことは全て祖父が代わりに言ってくれていた。

「おい、クソジジイのくせに――」

「俺が作った野菜を馬鹿にするのは良いとして、じいちゃんを馬鹿にするところに野菜を売る気はないです。今すぐに帰ってください」

「あっち！」

俺はそのまま突き返すように男を押し出して玄関のドアを閉める。

ドリも怒っているのか、足をジタバタと動かしてぷんぷんしていた。

その姿を見て俺達の怒りはだんだんと収まってくる。

この間怒った時も思ったが、ドリは怒っても可愛い。

これが親バカというやつだろうか。いや、俺はドリの親ではなかったな。

ただ、本当に探索者ギルドが関わっているなら、一度確認する必要が出てくる。

「さあ、また畑に行っておいで」

俺達は仕事に戻ることにした。


休憩中に探索者ギルドに電話をかけることにした。

「はい、こちらイーナカ探索者ギルドです」

「あのー、この間トマトと花束を持って行った森田直樹です」

「ああ、直樹さんお久しぶりです」

電話の声はいつも対応してくれる受付嬢の人だ。

彼女ならあの卸売業者の人について聞きやすい。

「この間の野菜ありがとうございました！　あんなにみずみずしいトマトを初めて食べました。すごく甘くて一瞬果物かと思うほどびっくりしました」

どうやらギルド内でも野菜についての評価は高いようだ。

そんな探索者ギルドが、あんな横暴な人に依頼して契約することはあるのだろうか。

それに探索者だと思われているなら、尚更直接話した方が楽なはず。

「あのー、さっき卸売業者の方が来て野菜を売ってほしいと頼まれたんです。理由があってお断りをしたんですが、その話の中で探索者ギルドの依頼を断ることは非国民だと言われまして」

「大変申し訳ありません。探索者ギルドの一部が森田様にご迷惑をおかけしたんですね。もう一度訪れた卸売業者の会社もしくはその方の名前を伺ってもよろしいですか？」

「あー、あまりにもイライラして聞くのを忘れました」

あの時は名乗らないことが気になっていたが、あの態度にいつの間にか聞くことも忘れていた。

「ふふふ、それは仕方ないですね。ただ、一つ気になることをお伝えしてもいいですか？」

「はい」

「探索者ギルドは危機的な状況でしか、企業様を通して依頼をしてはいけないと言われています」

「それはどういうことですか？」

「例えばですが、ダンジョンから魔物が溢れ出た時に避難勧告をするとか、支援物資が欲しい時がその例に該当します」

この話が事実ならさっき来た卸売業者の話は全て嘘だったことになる。

何のために俺が作った野菜を無理してまで、手に入れようとしたのだろうか。

「ひょっとしたら勝手に探索者ギルドの名前を使う不届き者かもしれないので、私達ギルドの名前が出てきた際は全てお断りしてもらっても構いません」

「わかりました」

ギルドの名前を使って悪いことをするやつがいるとは思いもしなかった。

それだけでも直接聞くことができれば気は楽になる。

「何か危険なことがあればすぐにご連絡ください。ギルド所属の探索者がすぐに駆けつけます」

「ははは、流石にすぐに駆けつけることはできないですよ。ギルドから車で一時間半ぐらいはかかりますよ」

きっと近くに住んでいると思っているのだろう。

普通ならこんな山奥の田舎に人が住んでいる方がおかしい。

代々畑をやっていたから、最低限の水道、ガス、電気が通っているだけだ。

警察署の人だってイタズラだと思うほどだ。

「えっ？　直樹さんってそんな遠くに住んでるんですね。なんだー、中々会えないんですね」

電話越しに聞こえる彼女の声は残念そうで、きっと野菜が食べたくてまた来てほしいと思っているのだろう。

俺だとわかった瞬間にトマトを褒めていたぐらいだ。

生産者としては一番ありがたい。

「あっ、上司が来たのでまた何かあったらご連絡お待ちしております」

そう言って彼女は電話を切った。

どこか慌ただしい人で笑ってしまう。

探索者ギルドって田舎の中では人が多い方だったから、仕事もやることが多いのだろう。


「パパ？」

「あっ、準備できたんだね」

「うん！」

休憩中にドリは家に帰って準備をしていた。

ドリはいつも畑作業の時に着ているオーバーオールではなくて、シャツとスカートを穿いている。

ぐるりと回るドリは妖精のように愛らしい。

ただ、あまりにも速く回るため、スカートの中が見えないかと心配になる。

これだけ可愛いのだから、ドリを変な目で見るおじさんがいてもおかしくない。

「へへへ、かわいいな」

あっ、祖父が変なおじさんのようになっている。

「初めての売り子練習をやってみようか！」

「はーい！」

俺達はドリが再び作った花を直売所で売ることにした。

野菜は今の状況では売り物にならないため、花で模擬練習をするつもりだ。

これで問題なければ、生花のみになるが、直売所で販売する予定でいる。

「私はすぐに花束にすればいいのよね？」

「その辺はばあちゃんに任せるよ。大きさは希望に合わせて用意するぐらいで良いと思うよ」

花だけでは売れないと思った俺は祖母の力を借りることにした。

祖母がいれば購入した花をすぐにその場で花束にすることができるからだ。

数本を一組で売るよりは、花束の方が販売価値は高くなる。

家族へのプレゼントや自宅に飾るなど用途は色々ある。

本数はあっても種類が少ないため、希望に合わせてサイズも調整できれば少しは売れるだろう。

「じゃあ、俺に合わせて後から言ってね」

「うん！」

販売するとなったら、まずは呼び込みが必要となる。

ドリはきっと呼び込みはできないが、接客として挨拶はできるだろう。

今まで教えたこともないため、環境に合わせて少しずつ教える。

「いらっしゃいませ！」

「いらっちゃいまちぇ！」

祖父が買い物中の客として近寄ってくる。

テーブルには今さっき用意した花が数本置いてある。

前よりも認知症が落ち着いてきたのか、勝手にどこかへ行くこともなくなり、頼んだら手伝ってもらえることも増えた。

前は畑で色々と教えてもらっていても、途中でふらふらとどこかへ歩いていくこともあった。

「この花をもらえるか？」

「ありがとうございます」

「ありあとございましゅ」

やはりドリは文になると言いにくいのだろう。

単語レベルでも言葉が短縮されたり、舌足らずのようになってしまう。

「プレゼント用ですか？　それともご自宅用ですか？」

祖父は少し悩んでいると、ぼそっと俺に伝えてきた。

「ばあちゃん、普通ぐらいでお願いします」

祖母はコスモスを小さくまとめて小さな花束を作る。

今回用意できているのは、パンジーとキンセンカ、そしてコスモスの三種類だ。

キンセンカに関しては花言葉がプレゼントにはふさわしくないため、差し色やお供物用に用意した。

「コスモスって秋の花だからこの時季には少し早いけど、ちゃんと咲いて良かったわね」

秋が旬になるコスモスもドリがおまじないをたくさんかけて育てた影響か、野菜と同じで夏前には満開になってしまった。

時季を見越して種を買ったつもりだが、花に関してはすぐに咲いてしまうため、あまり気にしなくても良いのかもしれない。

紙を綺麗に丸めていき、持ち手にリボンをつければ完成だ。

「お待たせしました。コスモスの花言葉は〝乙女の純真〟です。美しいって意味もあるんですよ」

「ありゅんでしゅ」

祖父は受け取るとそのまま向きを変えて、花束を祖母の前に差し出した。

「やる！」

「えっ？」

あまりにも突然の出来事に祖母は戸惑っていた。

さっき祖父が小さい声でボソッと、祖母にプレゼントをしたいと言っていたのだ。

「ほら、ばあちゃん受け取りなよ」

祖母は少し恥ずかしそうにしている祖父から花束を受け取った。

「コスモスは……美しいって意味だったか？」

「ふふふ、出会った時もそうやって急にコスモスの花束をプレゼントしてくれたわね」

「そんな昔のことは覚えていないわ」

認知症になっても祖母との大事な記憶は、ひょっとしたら覚えているのかもしれない。

出会った時の当時の気持ちを思い出しているのだろう。

二人だけの空間に俺とドリは見惚れていた。

◇

ある会社の事務所で男は横柄な態度で座っている上司と話をしていた。

「おい、どうだった？」

「聞いてくださいよ。めちゃくちゃ頑固なお爺ちゃんと馬鹿な孫が出てきて、話を聞かずに突っぱねてきたんですよ」

どうやら男は営業に行ったようだが、話も聞いてもらえず追い返されたらしい。

ピシッと体に合ったスーツに、しっかりと磨かれた靴。

チラリと見える腕時計は、その辺には売っていない高級な腕時計の輝きを放っている。

「ほぉ、それは探索者ギルドの名前を出したのにか？」

「探索者ギルドって名前を出せば絶対に野菜の販売契約ができると思ったんですけど、馬鹿には伝わらなかったみたいです。この間買ったハイブランドの靴に泥もついて最悪ですよ」

男達は探索者ギルドから頼まれたと名前を出して野菜を手に入れるつもりだった。

それなのに生産者の怒りに触れてしまったようだ。

「ははは、お前はまだまだ勉強不足だってことだな」

「それなら次は阿保部長が行ってくださいよー！　絶対俺の顔覚えられていますよ」

「本当に部下の尻拭いは私の仕事だな」

男はニヤニヤと笑っている。

それだけ尻拭いが得意分野なんだろう。

二人の会話はその後も部屋の中に響いていた。

第二章

配信の影響

一．配信者、花の販売を始める

「他にも参加している人達がいるね」

「ここは田舎だからその辺の仕組みが楽なのよ」

地元にある直売所は、事前に連絡しておけばいつでも参加可能になっている。ただ、店内では売ることはできないため、店外で直売りする形だ。

普通であれば出荷契約をして生産者会員になって、入会費や年会費がかかる。

他にも販売手数料もかかるため中々一般の人が参加しにくい。

その仕組みだと商品が集まらないっていう懸念から、お試しで店外直売所が始まったらしい。

生産者が少ないとお店の中の陳列棚に隙間ができてしまうため、契約しやすいようにするための手段なんだろう。

奥地に住んでいる俺達はここまで車で一時間近くかかった。

養鶏場のおじさんにも協力してもらい、家族全員で直売所に参加することにした。

「じゃあ、スマホをセットするよ」

持ってきた花達を大きな花瓶に入れて展示をする。

その隣には祖母が用意したアレンジブーケが設置してある。

今回は初の直売所での販売を生配信するつもりだ。

せっかく視聴者も増えたため、少しでも宣伝になればと思い動画配信をすることにした。

「いらっしゃいませ！　お花はいかがですか？」

目の前を通っていく人に声をかけていくが、中々花に興味を示す人はいない。チラッと見ることもないのが現状だ。

「きらいきらい？」

「ドリのことが嫌いなわけではないよ」

「やっぱりお花は自分で育てているところが多いから仕方ないのね」

どこか寂しそうに花を見ているドリの頭を祖母は撫でていた。

田舎では畑はなくても、庭や花壇を持っている家は多くある。

大体は何かしら作っている生産者の家庭が多く、余った土地の有効活用はそれぐらいしかない。

ドリは自分が嫌われて売れないと思ったのだろう。

名無しの凡人　最近
誰か買ってあげてー！

幼女を見守る人　最近
ドリちゃん頑張って！

貴腐人様　最近

ここってどこの直売店かしら？

鉄壁の聖女　最近

ドリちゃんの花束を全部買ってもいいですか？

今すぐにその直売所を探しに行きます！

それにしても今日のドリちゃん、麦わら帽子姿が最高に可愛い！

犬も歩けば電信柱に当たる　最近

聖女の力を見せる時だ！

それにしてもここはどこの直売所だ？

言ったら流石に住んでいるところがバレるか。

パパを見守る人　最近

今日もパパさん頑張っていますね。

せっかくドリが作った花が売れ残るのは可哀想だと思い、俺は必死に近くを通る人達に声をかけていく。

元々営業をしていた俺にすれば、知らない人に声をかけるのは苦でもない。

それにこんな可愛い子どもに悲しい顔はさせたくない。

「すみません、お姉さんお花はいりませんか？」

「あら、どこから見ても私はおばさんよ！」

足を止めても怪しげな目で俺を見ている。

どうやら大袈裟に呼び込みをしてはいけないようだ。

田舎だと知らない人への警戒心が強く、詐欺にも気をつけている家が多い。

とりあえずお姉さんと呼べば良いと、働いて習ったがここでは通用しないようだ。

「よかったらお花はいりませんか？」

「いりましぇんきゃ？」

俺とドリは必死にお願いする。

子どものドリがいれば怪しさも減るだろうし、子どもに言われて断れる大人は少ない。

「このお花はお嬢さんが育てたの？」

女性はテーブルに貼ってあるポスターを見たのだろう。

昨日ドリと一緒に遅くまで絵を描いて用意をしたものだ。

「もう！　お嬢さんが可愛いから買っちゃうわ！」

女性は小さな花束を一つ購入してくれた。

値段が安くても、必要ない花を買ってくれるほど世の中は裕福ではない。

それでも、ドリのために花束を買ってくれるなんて、優しい人で良かった。

「娘と初めて作ったお花なんです。よかったらご自宅に飾ってください」

「こんな田舎に移住してくれるなんて嬉しいわね。頑張りなさいよ」

「ありがとうございます！」

「ありあと！」

ドリと一緒に渡すと女性は少し照れていた。

初めて売れた花束に俺達はお互いの顔を見る。

「へへへ！」

「にひひ！」

初めて自分達が作ったものが売れたことに、ついつい笑みが溢れてしまう。

畑を始めて二ヶ月程度しか経ってはいないが、それでもこうやって少しずつ成果が出てくると嬉しくなる。

貴腐人様　最近
パパさんの笑顔恐るべし！
イケメン美人顔に動悸が止まらない。

鉄壁の聖女　最近
ドリちゃん……あなたは女神様ですか！

幼女を見守る人　最近
尊死

パパを見守る人　最近
尊死

桃色筋肉　最近
これはオネエ仲間召喚案件よ！

とはいえ、テーブルに置かれた花はまだたくさん余っている。

もっと頑張って呼び込むしかないだろう。

「お花はどうですか？　お家に飾ってみてください」

「奥様へのプレゼントにどうですか？」

直接声をかけていくと少しずつ人が集まってきた。

あまりにも必死に呼び込みしているのも影響しているのだろう。

直売所には、基本的には中に店員がいるだけで、店外出店をしているのは俺達ぐらいだ。

そこに祖父母、孫、曾孫の四人で売っているとなれば、必死さが伝わるのだろう。

「曾孫さん可愛いわね」

「わしのことじいちゃんって呼んでくれないか？」

「じいちゃ？」

「ぬあああ！」

隣にいるドリの可愛さに老人達はメロメロになっている。

祖父がドリ自慢大会を始めるぐらいだ。

「皆さん無事に売ることができました！」

「できましゅた！」

俺達はスマホの前で挨拶をする。

一緒に花がたくさん入っていた花瓶も見せる。

中には水しか残っていない。

少しは売れ残ると覚悟していたが、気づいた時には花を無事に完売することができたのだ。

中でもお年寄りが来てからキンセンカが意外にも売れ行きが良くなった。

キンセンカを亡くなった夫や妻にお供えしたいと言って買っていく。

そんな老人達の温かい一面も垣間見ることができた。

初めての直売にしては良い結果だろう。

今度は包装やパッケージをデザインして売ってみるのも良さそうだ。また、視聴者にもアイデアを出してもらい、相談しながら作っていこう。

俺達の畑の再生は視聴者に支えられて続けられている。

「では、今日の〝畑の日記ちゃんねる〟の配信を終わります」

「おわりまふ！」

別れの挨拶をして動画配信を終えた。

家に帰ると早速、野菜の包装パッケージについて考えてみることにした。

今回花もあれだけ売ることができたなら、野菜も売れると思ったのだ。

今のところトマトを食べてもこれと言って体に変化はない。

見た目もやっと売り物にできるようになり、次に必要なのはトマトをまとめて包装するものだ。

大きなトマトを単体で売るなら特に問題はないが、セットで売れば容器や薄い包みが必要になるだろう。

それに直売所を見て思ったが、包装があるかないかで生産者のイメージは変わる。

生産者の写真が展示してある看板には驚いた。

どこかのアイドルみたいだったが、さすがにそこまでやる自信は俺にはない。

そこで、視聴者参加型の生配信を行い、パッケージデザイン案を送ってもらうことにした。

ダイレクトメッセージで送ってもらったデザインを、視聴者に共有するだけの簡単な企画だ。

以前から、視聴者参加型の生配信をしてはどうかとの声があがっていたこともあり、予告動画を配信したところ、たくさんの反応をもらえた。

さっきの配信でチャンネル登録者数がついに一〇〇〇人を突破した記念企画でもある。

こんなに登録者が増えるとは思わなかったが、実演直売所が意外に視聴者から高い評価を得た。

少し気になるのは畑の日記ちゃんねる登録者数と再生回数の乖離《かいり》だ。

動画を一つずつ確認すると、再生回数はチャンネル登録者数の数十倍や数百倍に膨れ上がっている。

何回も動画を見ているコアなファンが多いってことだろう。

後日、視聴者参加型の動画配信を始めた。

この日のためにたくさんのダイレクトメッセージが送られてきた。

今日はドリや祖父母も参加する予定になっており、さっきまでみんなでお絵描きをしていた。

「まずは、畑の日記ちゃんねる登録者数一〇〇〇人ありがとうございます」

「ありあと！」

まずはお礼を伝えて挨拶をする。

名無しの凡人　最近
一〇〇〇人達成おめでとう！

孤高の侍　最近
拙者もついに古参侍になったでござるな。

貴腐人様　最近
それならコザムライかしら？
パパさん、ドリちゃんおめでとう！

鉄壁の聖女　最近
ちなみに一番の古参は私ですよ？

二人のために昨日から全ての動画を一〇周は見てきました。
ハタケノカカシ　最近
ついにカカシの出番だな。
犬も歩けば電信柱に当たる　最近
電信柱も日の目を見るときだ。

お祝いコメントやたくさんの企画参加への意気込みが書かれている。

それだけこの企画をみんな待っていたのだろう。

「ドリ、トマトを持ってきて！」

「はーい！」

ドタバタとトマトを取りに行くとすぐに戻ってきた。

「今日はトマトの包装パッケージを決めたいと思います」

ドリはみんなにトマトを見せると、そのまま口に運んだ。

「パパ、トマトいたたきましゅ！」

勢いよく食べたため、トマトの果肉から汁が溢れ出てくる。

「美味しい？」

「おいちいー‼」

「それならよかった！」

それを俺が一生懸命拭いて食べ終わるのを待っていた。

スマホの画面に〝尊死〟というコメントがたくさん流れてきていた。

配信業界ではよく使う言葉なんだろうか。

食べ終わると早速企画の説明をして再開した。

「じゃあ、早速トマトの包装パッケージを発表していきます。まずは俺からです！」

スマホに見えるように紙に描いたデザインを見せる。

名無しの凡人　最近
流石に凡人の俺の方が上手い気がするぞ？

ハタケノカカシ　最近
それって四角と丸の集まりですか？

犬も歩けば電信柱に当たる　最近
もはやこれはこれで才能だろう。

流れてくるコメントはどれも俺の絵に対する内容のはずが、思ったことがみんなには伝わっていないようだ。

「これは宝探しのように、宝箱からトマトを発見してほしいと願いを込めました」

俺は宝箱にトマトをたくさん入れて描いたパッケージをデザインした。

単純にトマトが宝石のルビーのように赤く輝いているから、このデザインを思いついた。

昔から絵は上手い方ではなかったが、さっき必死に描いたのだ。だが、俺の絵ではみんなには伝わらなかった。

視聴者達からは優しい慰めのコメントばかりで、それはそれで悲しくなるから触れずに流してほしい。

「じゃあ、次はドリだな」

「じゃーん！」

ドリのデザインは黒くツンツンとしたウニのような絵が描かれていた。

どこから見てもウニかイガグリだ。

「これは？」

「パパ！」

「俺のことか？」

「うん！」

どうやら俺は黒くてツンツンの存在らしい。

特に髪の毛もワックスをつけてツンツンにしているわけでもないが、ドリにはウニに見えるのだろうか。

幼女を見守る人　最近
このパッケージで売った方が良いんじゃない？

桃色筋肉　最近
きっとオネエ受けは良いはずよ。
だって、パパさんと危ない行為ができるんですよ？

未婚の母　最近
ああ、娘の幼い頃の似顔絵を思い出すわ。あっ、私まだ未婚の子なしだったわ。

トマトのパッケージなのに俺のことを描いたドリは間違いなく優勝確実だ。

絵は俺よりも全然伝わらないが、コメント欄は優しい言葉で溢れていた。

一部変わった人達もいたがそれも視聴者の個性だろう。

一番気になったのは、俺が描かれたパッケージで桃色筋肉は何をするのかということだ。

「今度はわしだな！」

次は祖父の番になった。

祖父もトマトの絵を描いてと言ったら、楽しそうにドリと描いていた。

絵を見せるとその場の時間が止まった気がした。

急にコメントも流れて来なくなるぐらいだ。

「えーっと、これは……？」

「トマトに決まっておるだろ！」

俺の知っているトマトってこんな形だったのかと思うほどだ。

祖父の描いた絵はヒトデにしか見えない。

星ならまだマシだがそこから何か模様や触角のようなものが出ている。

正直言って気持ち悪い絵だった。

「もう、相変わらず二人揃って絵心がないんだから……」

そんな祖母が見せたのは、俺達とは正反対なリアルに描かれたトマトの絵だった。

それはそれで上手過ぎて言葉が出ないほどだ。

一瞬写真なのかと思ってしまう。

あんな短時間で描けたことが驚きだ。

「昔から色鉛筆で描くのが得意だったからね」

祖母は以前から多趣味でいろんなものをやっていた。

その中の一つに色鉛筆絵画も含まれている。

鉄壁の聖女　最近
トマトの艶やかなところまで描かれている……。
パパさんの絵心はおじいさんから受け継いでいるんですね。

ハタケノカカシ　最近
これをパッケージにしても、ある意味話題性がありそうだ。
ただ、印刷はできるのか？

犬も歩けば電信柱に当たる　最近
めちゃくちゃ上手です！
思わず画面にかぶりついたよ。

「ふふふ、そんなに褒めなくても良いのよ」

祖母も褒められて嬉しそうだ。

絵が上手なのは知っていたが、大人になって改めて見るとその凄さがわかる。

「ばあば！」

誰が見ても上手な絵をドリは欲しいのだろう。

そんなドリを見て祖母は微笑んでいた。

「そんなに欲しいならあげるわ」

祖母が絵をあげたため、祖母の参加は無くなった。

俺、ドリ、祖父の中なら俺が一番上手い。

これなら俺の案になるのが濃厚だな。

「じゃあ、皆さんから送ってもらったパッケージ案を見ていきますね！」

名前を伏せながら次々と送られてきた絵を見ながら、誰が良いのか視聴者と選んでいく。

ちなみに画面の共有方法を知らないため、パソコンを通して画像を見せていく。

中にはトマトと関係なく、カカシや電信柱の絵もあった。

やっと出番が来たって言っていたのはこのことを言っていたのだろうか。

その中で一つ気になるダイレクトメッセージを見つけた。

畑の日記大好きさん
はじめまして、いつも畑の日記ちゃんねるを楽しみに見ています。
今までコメントをしたことがなかったのですが、少しでも力になればと思い描かせていただきました。

▼PDFを見る

畑の日記大好きさんから送られたダイレクトメッセージに俺達は驚いた。

一瞬にして虜になるとはこういうことを言うのだろう。

「おー、これはすごいな」

「楽しそうな様子が伝わるね」

そこには祖母、俺、ドリ、祖父の順番で手を上げて背伸びをしているデザインだった。

きっといつもの〝おまじない〟を視聴者から見た後ろ姿が描かれているのだろう。

「のびのびー!」

ドリもこの絵が気に入ったようだ。
その場でおまじないをかけていた。
「このパッケージはどうですか?」
早速、視聴者にもわかるように画面に表示していく。

名無しの凡人　最近
凡人と天才との差を感じるな。

孤高の侍　最近
拙者、そのほのぼのしたデザインが良いでござる。

貴腐人様　最近
ふん、私よりも才能があるようね!

鉄壁の聖女　最近
ぜひ、私達がドリちゃんを知るきっかけになったデザインでお願いします!

ハタケノカカシ　最近
そこにカカシは入ることができないだろうか。

犬も歩けば電信柱に当たる　最近
そこに電信柱も入ることができないだろうか。

どうやら満場一致で〝のびのびー〟デザインに決まったようだ。
「また改めてこのデザインをしていただいた方にご連絡をしますね」
あとは直接デザイン料の交渉をすることになるのだろう。
こんなに良いデザインをしてもらえたなら、ある程度奮発しても良さそうだ。

畑の日記大好きさん　最近
私のデザインが選ばれて光栄です！
ぜひ、無償で使ってください。

名無しの凡人　最近
天才の登場です！

鉄壁の聖女　最近
神様降臨です！
ぜひ、ドリちゃんの画集もお願いします。

畑の日記大好きさんは少し抜けているのだろう。

わざと名前をあげなかったのに、コメントを見た他の視聴者達が誰かを特定できてしまった。

俺はすぐにコメントを削除しようとしたが、すでにたくさんの視聴者が見ているためもう遅い気がした。

それに俺はコメントの消し方を知らない。

この際、しっかりと宣伝させてもらおう。

「畑の日記大好きさんいつもありがとうございます！」

「ありあと！」

ドリとお礼を伝えるとコメント欄は歓喜の声で溢れていた。

直接、特定の視聴者にお礼を伝えたことはないからな。

二．配信者、あいつに再会する

俺とドリは倉庫で腐ったトマトを袋に入れていた。

「ないないしようか」

「うん……」

腐りにくいトマトも一カ月を過ぎた頃には腐ってきた。

トマトから種子を取り出して、来年用に使う予定が忙しくて放置していた。

腐らないから良いと思ったが、気づいた時には黒く変色してカビが生えていた。

「腐ったら使えないからな。直樹もちゃんと管理しろよ」

食べ物を無駄にしてはいけないと教えられた俺も今回のことは反省している。

腐ったトマトには微生物が繁殖している可能性があり、種子として使えないらしい。

仮に実ったとしても品質が保証されないため、健康的で完熟したトマトを選び、そこから種子を取り出さないといけない。

その繰り返しで健康的なトマトが維持できる。

「種子は今日収穫したやつで作ろうか」

「うん」

やはりトマトを食べずに腐ったことがショックなんだろう。

さっきから声をかけても返事をするだけで何も話さない。

やっとパッケージデザインも決まって売り出す方法も決まったが、多く収穫した時にはギルドに持って行くことを検討しても良さそうだ。

視聴者の中に探索者がいるため、配る機会にもなる。

名無しの凡人　最近
ドリちゃん元気出して。

孤高の侍　最近
悪いのはパパさんだよ？

貴腐人様　最近
そうよ！
パパさんが悪いんだから、イケメンを派遣しておくわ！

桃色筋肉　最近
それはあたしのことかしら？

パパを見守る人　最近
パパには触れさせないぞ！

「来年はもっとのびのびするトマトを作ろうか。ドリの元気がないとトマトも悲しんじゃうよ？」

「ほんと？」

「ドリちゃん元気出してー！」

トマトを横に振って話しかけると、ドリの顔は次第に明るくいつもの笑顔に戻った。

「トマトはなちた！」

「また来年会おうねー」

ドリが元気になったなら良かった。

「うん！」

収穫したトマトを家に持ち帰ると早速準備にかかる。

せっかくなので、今日種子を取る作業をすることにしたのだ。

必要なのはボウルとザル、そして種を取り出すスプーンやピンセットだ。

手でやっても問題はないと聞いているが、丁寧に扱うためにも道具は用意した。

まずは完熟したトマトを半分に切り、ピンセットで種を取っていく。

「ドリどうだ？」

「むちゅかちい」

ドリには簡単なゼリーを落とす工程を任せたが、あまりにも力が強くて種がプチプチと言っていた。

幼い時に俺でもできたため、ドリにもできると思ったが難しいようだ。

むしろスプーンで種を掬うように取ってもらった方が取れていた。

ゼリーもたくさん取れてしまうが、せっかくだし手伝ってもらおう。

種の周りに付いているゼリーをしっかり落とす必要があるため、ザルに種を入れる。

種を揉むようにゼリーを落とすと簡単に落ちるが、それでも無理ならペーパーで拭いていく。

「直樹はわしの心配はしないのか？」

「じいちゃんは慣れてるでしょ。ばあちゃんなんてすごい速いよ？」

祖父母にはピンセットで種を取ってもらっている。

祖父は目と肩の疲れを訴えていたが、祖母は手先が器用なのも影響して、次々と種を取り出していた。

ドリのように一気に取っても良い気がしたが、なるべく優しく種だけを取るために、昔からこの方法で行っているらしい。

「綺麗な種を水に浮かべて、沈んだやつを使えば良いんだよね？」

選定するために浮かんだ種を取り除いて、残りをキッチンペーパーの上に置いて水気を取る。

キッチンペーパーが濡れていると誤って発芽する可能性があるらしい。

しっかりと水気を切って数日乾燥させ、保存容器に入れて倉庫で管理すれば長期保存が可能だ。

我が家ではこの時に一緒に乾燥剤を入れておく。


「じゃあ、畑作業に向かうか」

「いもいも！」

梅雨が一旦落ち着いたタイミングでじゃがいもを育てることにした。

一般的に春植えするじゃがいもだが、暖かい地方なら夏植えも可能らしい。

夏植えは基本的に夏場の八月から九月に植えるものだが、この最悪な梅雨の時季でどれだけ育つかの実験も含まれている。

ちなみにこの間実験のために植えたキャベツとカブも思っていたより順調に育っている。

良いじゃがいもができるかもしれないと楽しみだ。

「みなさん、こんにちは！」

「こんちゃ！」

いつものようにスマホを畑の縁に立てかけて生配信を始める。

「今日は芽かき作業をします」

数日前に埋めたじゃがいもは、足場がないほど芽が出てきていた。

種芋の切り口を上にすることで、強い芽が出てくるようになる。

科学的根拠はないもののストレスによる抵抗性を高めて、病害虫に強いじゃがいもができるが、雨に弱いためこの時季にやると腐りやすくなってしまう。

その結果、皮を上向きに植えたため芽かき作業が通常よりも必要そうだ。

「めかき？」

ドリは自分の目を掻こうとしていた。

「土が付いているから、目は触ったらダメだよ？」

「むー！」

芽かきと聞いて目を掻くことだと思ったのだろう。

「ドリが目を触って痛い痛いしたら、パパも痛い痛いだよ？」

土を触った手で目に触って結膜炎にでもなったら大変だ。

俺が、心が痛いとジェスチャーすると伝わったのかすぐに謝ってきた。

「芽かきってのはね……じいちゃんよろしく」

近くで見ていた祖父に説明を求めた。

ここは畑のことをよく知っている祖父に頼ることにした。

「成長が速い芽だけ残して、他に栄養がいかないように間引きすることだぞ」

しっかりした回答に俺も驚きを隠せない。

これ以上記憶力が悪くならないためにも、頭を使わせるのは良いことだからね。

「んー」

それでもドリには難しいのだろう。

小さい子に栄養の話をしてもわからないからな。

「例えばおにぎりを俺とじいちゃんとドリで食べるとするでしょ？」

「うん」

「でもおにぎりは一つしかない。お腹いっぱいになるには、ドリが一人で食べるようにすれば良いってこと」

「はぁ!?」

ドリはやっとわかったのだろう。

ただ、俺をずっとポカポカと叩いてくる。

力が強いため、正直内出血にならないかと心配になる。

「わけわけする」

どうやら一人で食べるよりは、みんなで食べた方が良いってことなんだろう。

本当に他人のことを考えられる良い子だ。

「やっぱりドリには難しかったかな？」

「わかんにゃい」

結局考えるのはやめたようだ。

俺達は早速、株元の種芋が抜けないように手で押さえて芽を抜いていく。

「それにしても芽がたくさん出たね」

「それだけ土が良いってことだな」

じゃがいもは土の管理が重要になってくる。

季節をずらして梅雨の時に作っているため心配だったが、これだけ芽が出ていればちゃんとしたじゃがいもができるだろう。

「おりゃりゃりゃ！」

「おー！」

ドリは手慣れた動きで芽を抜いていく。

稀に力が強すぎて、種芋まで抜いているがそっとバレないように土の中に戻していた。

「おい、そこのお前！」

畑で作業をしていると、突然声をかけられた。

この間の強引な取引のこともあるため、警戒心を強める。

あれから基本的に言葉遣いが荒い人は無視すると決めている。

「俺は探索者ギルドから来た――」

たしか探索者ギルドの名前を出されても、気にしなくても良いと言っていたな。

「おい、聞いているのか。そこのお前！」

探索者ギルドの職員ってこんなに乱暴なやつばかりなのか？

いつも対応してくれる女性と比べたら、天と地の差だ。

チラッと見たらどこかで見たことあるような気もするが、こんな口の悪いやつは知らない。

あまりにも無視し続けていると、ずっと文句を言うハエみたいに常に話しかけてきた。

作業の邪魔に感じるし、度々出る言葉が暴言ばかりで、ドリに悪影響だ。

「パパ？」

どうやらドリも気になったようで、手を止めて近寄ってきた。

怖がってしまうと思い、祖父に少し離れたところで作業を続けてもらうように頼んだ。

その間に俺は男に近づいて声をかけた。

「お帰りいただいてもよろしいですか」

まともな言葉遣いもできない人の話を聞く気はない。

ついこの間、探索者ギルドの名前を出す人とは取引しなくても良いと言われたばかりだ。

「おいおい、話ぐらい聞けよ！　俺達が高値で野菜を買い取ってやるって言ってるんだ。そっちにとっても良い条件だろ？」

無理やり渡された紙に目を通すと、たしかに普通の野菜よりも買い取り価格は高かった。

やっとパッケージが決まり、販売するための準備が少しずつ整ってきたが、今すぐに販売するつもりはない。

さらにこの間の人もだけど、今日来た人も怪しく感じる。

三人で丹精を込めて作った野菜は、できれば俺自身で良いと判断して決めたところに卸したい。

腐りにくい野菜なら、遠いところに住んでいる人にも新鮮な状態で届けることができる。

尚更、販売する場所を自分達で決める選択肢が増えたのだ。

「今は販売する気も――」

「はー、なんでこんな田舎に来て俺が頼み込まないといけないんだよ」

俺はその声を聞いて一瞬にして時が戻った気がした。

過去の出来事が動画として俺の脳内に瞬時に蘇ってくる。

何も考えられなかった社畜生活の日々が、一瞬にして思い出される。

これがフラッシュバックというものなのか。

初めての経験で俺はどうすることもできない。

「すみま――」

「パパ？」

急にしゃがみ込んだ俺に、ドリは心配そうに抱きついてきた。

遠くで作業するように言ったのに、俺の方に来てしまったようだ。

俺の頭を必死によしよししているが、土がたくさん髪の毛に付いている。

「ここはお前の実家なのか」

そこにいたのは前の職場で上司だった阿保だ。

「阿保さんのお知り合いなんですか？」

「ああ、俺のために働いてくれた後輩だ。結局こいつがミスばかりしてくれたおかげで、俺の役職は上がったけどな」

俺を踏み台にした阿保は思った通りに昇進したようだ。

あの会社を去った身としては今さらどうだって良い。

ドリが優しく撫でてくれたおかげで、頭の中がスッキリして落ち着いた。

話している内容もスルスルと頭の中に入っていく。

「お前も元卸売業者ならこの価格帯が破格の値段なのは知っているよな？」

たしかに、高級トマトぐらいの値段設定だ。

それでもこの人達を通して売りたくないと思ってしまう。

生産者としてのプライドもあるし、どうせならギブアンドテイクで助け合える関係でいたい。

もうあの時のような失敗はしたくない。

「俺が頼んでいるんだから、先輩の命令は絶対だよな？　今までお前がどれだけ会社に迷惑をかけたと思っているんだ。償いとして半額ぐらいの値段で売ってもいいんじゃないか？」

「それはいいですね。お前も阿保さんに迷惑かけたならここは潔く――」

それにしても判断能力が鈍っていたあの時は気づかなかったのだろう。

阿保……いや、アホは人を怒らせるのが得意のようだ。しかも、探索者ギルドから来た男も本当に何がしたいのかわからない。

このままでは単純にギルドの質を落とすようなものだ。

ちゃんと教育し直すようにギルドにも言っておこう。

「おい、馬鹿森田聞いて――」

「さっきから聞いていたら、お前達は直樹を馬鹿にしているのか？」

後ろで様子を見ていた祖父が怒って近づいてきた。

声音から、どうやら完全に怒っているようだ。

「だいじょぶ！　ドリいる！」

ドリの優しい気持ちに俺もドリの頭を撫でたくなる。

手が汚れていなければ、今頃全力でよしよししているはずだ。

「おお、あなたがここの生産者様ですか。お孫様には前からお世話になっております」

それはどういう意味で言っているのだろうか。

踏み台になったお礼にも聞こえてしまう。

それに祖父から注意されているのに、謝る様子も全くない。

「お世話になった……か」

一度仕事を辞めた理由を祖父にも話している。ただ、覚えているのかはわからない。

その時もぼーっと窓から外を眺めていたからな。

「はい！　直樹くんにはたくさんの指導をしてきたのですが、退職されて残念――」

「帰れ！」

「えっ……」

「さっさとここから出ていけ！　この畑も野菜も全て直樹のものだ。お前らみたいな生産者を……いや、大事な孫を馬鹿にするやつに売る野菜はない！」

祖父の怒りは頂点に達していた。

生産者や孫の俺を貶されて怒りに触れてしまったようだ。

ドリもその場にある石を投げそうになったが急いで止める。

畑から取り除いた石でも、俺の顔より大きいのも存在する。

本当にやったら流血事件になって、ニュースに取り上げられてしまう。

「いえ、私達はそんなつもりでは――」

探索者ギルドから来たと言った人も祖父が怒り出したことであたふたとしていた。

事前に俺ではなく、祖父がここの畑の生産者だと聞いていたのだろう。

ここの土地の管理者は祖父になっているからな。

阿保も俺の方を見てどうにかしてくれと言いたそうな顔だ。

「そもそも探索者ギルドがそんなに偉いのか？　横暴なヤクザみたいなやつを連れてきて何様のつもりだ！」

歳をとっても祖父の怒った時の怖さは健在だった。

実家に帰ってきた時よりもどこか元気になった祖父を見て、少し安心してしまった。

「すみませんが、お引き取りください。それにあなた達とは取引する気もないので、二度とここには来ないでください」

「おい、生産者になったお前が大手卸売業者の俺達に――」

「つべこべ言わずに早く帰れ！　一生顔を見せるな！」

近くにあった鍬を持った祖父が今にも襲いそうだ。

それに驚いた男達はすぐに走って帰っていく。

さすがに鍬で脅されたら、誰だって怖いだろう。

「ははは、じいちゃん強いね」

「じいじちゅよい！」

俺達が祖父を褒めるとどこか誇らしげな顔をしていた。

「じいちゃんが孫達を守るのは当たり前だから……いたた」

「じいちゃん⁉」

突然祖父はその場で倒れて、腰を触っていた。

「急に鍬を持ち上げたら腰をやってしまったわ」

どうやら鍬を大きく持ち上げたため、腰を痛めたらしい。

自分の体を気にせず孫のために戦う祖父がかっこよく見えた。

「俺もじいちゃんみたいになりたいな」

「いやいや、それはいかんぞ。ああ、腰が痛いわ」

作業を中断して俺は祖父を抱えて家に帰ることにした。

「ドリも運ぶ！」

代わりにドリには祖父の靴を預けた。

嬉しそうにできないスキップをしている。

手伝えたことが嬉しいのだろう。

「パパ……」

しばらくすると、前を歩いていたドリが勢いよく戻ってきた。

「どうした？」

「くちゅ……」

ドリの手には破かれた靴があった。

靴が破れることがあるのかと疑問に思ったが、あまりの嬉しさに強く引っ張ったのだろう。

「あー、きっと古かったんだよ。あとで一緒に謝ろうか？」

「うん……」

ドリを慰めるが、どこか悲しそうにトボトボと歩いていた。

◇

「おい、あれはどういうことだ」

俺は探索者ギルドの男を問い詰める。

そもそもこの話は部下とこの探索者ギルドに勤める男が持ってきた話だった。

仕事も忙しい中、お金になる仕事があると声をかけられたのだ。

「阿保さん落ち着いてください」

「なぜ、俺が糞森田のところにあそこまで言われなきゃいかんのだ！」

まさか俺の元奴隷があそこで働いているとは思いもしなかった。

使えるやつだと思っていたが、俺の元から去ったらただの使えないやつになっていた。

「あそこの野菜が手に入るだけで億万長者ですよ」

「それはどういうことだ？」

俺はなぜこの男があの野菜に執着しているのか知らない。

遠目で見た感じ、ただの畑だしトマトも少し高級そうな見た目をしていても、どこにでもあるようなものだった。

個人で頼めば良いものをわざわざ卸売業者の俺達に話を持ちかけてきたのは理由があるのだろう。

しかも、会社ではなく部下個人に直接話を通したのだ。

いくら高級トマトでも、あそこまで金を払う価値があるのだろうか。

あの奴隷が作ったトマトだぞ？

どうせ中はぐちゃぐちゃに決まっている。

「魔力を含む野菜があったらどうしますか？」

魔力ってダンジョンの存在が明るみになってから聞くようになったやつだろうか。

昔から聞いていた言葉ではあるが、探索者ではない俺にはずっと無縁だと思っていた。

俺も小さい頃は探索者を夢見ていた。ただ、俺には生まれた時から才能がなかった。

探索者になるには特別な力が必要だと言われている。

適性検査を受けて、スキルがある人しかなれないエリート職だ。

学生の頃にスキルの影響で体が丈夫なやつもいた。

俺は自分に才能がないことを嘆いた。だが、そもそも生まれた時になれるかどうか決まっている職業がこの世にあることがおかしいんじゃないだろうか？

今では生まれた時の能力でなれるかどうか決まってしまう探索者という職業に、憧れではなく苛立ちも感じていた。

生まれた時に自分の価値が決められているようなものだ。

「そんなに珍しいことなのか？」

「魔力がある食べ物が発見されたことは数例あります。ただ、その中で野菜は存在していないんです」

野菜は見つかっていないだけで、他の食べ物に関しては見つかっているようだ。ただ、魔力があるだけでそこまで必死になることなのか？

「魔力があれば人生の幅が広がるんですよ。探索者は強くなるし、難病が治るかもしれないって言われたら――」

ああ、それだけ聞いたら一瞬にして金になることがわかった。しかも、あの馬鹿が作ったやつなら野菜の価値に気づいていないはず。

「ふん、それを早く言えば俺が初めから動いたのにな」

「急に部長である阿保さんに話は持っていけないですよ」

「ははは、たしかにそうだな」

この話にはお金の匂いがプンプンする。

ひょっとしたらこれを機に、自分の会社を設立することができるかもしれない。

〝株式会社阿保〟とか夢が広がる。

「ああ、そういえばあの子どもを見ましたか？」

「子ども？」

「はい！　あの畑にいた三つ編みをした幼女です」

変わった髪色をした幼女がいたのは覚えている。

あいつのことをパパと呼んでいたが、小さな娘がいると聞いた覚えはない。

「彼女、ドリアードと言う魔物なんです」

「魔物⁉」

ダンジョンの中にいると言われている魔物のことを言っているのだろうか。

最近だとダンジョン配信という動画配信で見かけることが増えて、魔物も一般的になりつつある。

俺はテレビ派だから動画配信を見たことがないため、言葉でしか聞いたことはない。

人型の魔物も存在しているのだろう。

「ドリアードには植物を操るスキルがあるんです」

「植物を操る？」

「はい。きっとあそこで採れるトマトは彼女の力が関わっていると私は予想しています」

魔物を手懐けられることにも驚いたが、そんな能力がこの世に存在していることにも驚きだ。

そんな奴らと戦う力がないと、探索者にはなれないのは理解できた。

それでここまで話して何か意味があるのだろうか。

「ふふふ、まだ気づいてないですね。実はあの魔物、探索者ギルドに登録されていないんですよ。

魔物には首に首輪をつけないといけない決まりになっているんですよ」

たしかに、あの幼女には首輪がついていなかった。

この男がたまに連れている変わった犬達には、首輪がついていた。

探索者ギルドで働くこの男も探索者だ。

あの犬達も魔物って言っていた気がする。

「それで？」

「あのドリアードはまだ誰のものでもないんです」

人間ではない魔物を誘拐しても特に法律上は問題ないらしい。

それに探索者ギルドに登録していない魔物なら尚更だ。

基本的に魔物をテイムしたら、探索者ギルドに登録する。

それが決まりなのをあの馬鹿は知らないのだろう。

さらに調べるとあいつは探索者でもないらしい。

探索者でもない男が管理していない魔物を手懐ける。

「君も中々の悪だな」

目の前にいる男はドリアードをテイムするつもりなんだろう。

最悪、探索者ではないやつに管理はできないからと勝手な理由をつければ良い気がする。

こいつを俺の奴隷にして操れば、これからはわざわざ生産者に頭を下げなくても済む。

これで俺は社長になって金持ちになる。

考えるだけでニヤニヤが止まらない。

三　配信者、野菜を売る

「ドリそっちはどうだ？」

「ばっちぎゅー」

ドリは俺におもいっきり抱きついてきた。

阿保が来るようになってからドリがくっついて来ることが増えた。

今も俺に抱きついて足にぶら下がっている。

なぜかドリと触れ合うことで、疲れていた体がスッキリすることがわかった。

日々のストレスを犬や猫と触れ合って癒される感覚はこんな感じなんだろう。

昔飼っていた鶏はいつも俺の顔を突いて起こしてくるため、癒しというよりは目覚まし時計のようだった。

「土寄せは大事だからしっかりやれよ」

あれから数日しか経っていないのに、のびのびとじゃがいもの芽は伸びている。

草丈が一五センチメートル程度伸びてきたため、土を盛る作業を行っていく。

土寄せを行わないとじゃがいもが露出して、日光に当たると緑化してしまう。

緑化した部分にはソラニンが生成されるため、その時点で処分することになる。

ソラニンは神経に作用する毒性を持っており、大量に摂取すると最悪死に至る。

ドリのような子どもは大人の一〇分の一の量で症状が出てしまうため、じゃがいもは気をつけないといけない野菜の一つだ。

「肥料はいる？」

「いりゃない」

土寄せのタイミングで肥料を追加する予定だったが、ドリがいらないと言うため土寄せのみ行った。

あとはもう少し大きくなったタイミングで二回目の土寄せが必要になる。

作業を終えた俺はギルドに電話をすることにした。

阿保が来たタイミングで一度電話をしたが、いつもの女性とは違う声がしたため話すのをやめた。

阿保と一緒に来た男が本当に探索者ギルドの職員であれば、話す内容も気をつけないといけなくなる。

「はい、こちらイーナカ探索者ギルドです」

「すみません、少し確認したいことがあるのですが良いですか？」

「その声は直樹さんですね」

声の主はいつも探索者ギルドで受付をしてくれる女性だった。

一度彼女に相談した時は、ちゃんと対策も教えてもらえたため相談するのはちょうど良いだろう。

「昨日探索者ギルドのスタッフと前の職場の上司が直接来て、高圧的な態度で野菜を売れと暴言を吐いて――」

「すみません。今からの会話を録音させていただいてもよろしいですか？」

今回のことを問題だと感じたのか、彼女は他の人には聞こえないように電話の録音機能を使った。

彼女からはどのように脅迫されたのか、細かく質問された。

「このことについてはギルドマスターに報告させていただきます。もし、また同じような行為があればスマホのボイスレコーダー機能を使ってください。ギルド職員だと名乗る人の写真や映像もあれば提出をお願いします」

今度来た時にはちゃんとした対応が必要になるだろう。

機械音痴の俺はスマホのボイスレコーダー機能すらどこにあるのかもわからない。

何かあった時のために視聴者に声を残してもらえるか聞いておいても良いだろう。

動画配信をしていたが、姿は映っていなかったし、声も小さくて聞き取れなかった。

「パパ？」

電話をしていた俺にドリはおにぎりを持ってきた。

ちゃんと休憩をしろと伝えたいのだろう。

「また何かあったらすぐに連絡しますね」

「いつでも連絡お待ちしております。よかったら私用の――」

さっきからずっとドリが引っ張ってくる。

あまりの力強さにそのまま転びそうになり、最後まで話し終えていない状態で電話を切ってしまった。

「もう電話切ったからご飯食べるね」

「うん！」

俺が休憩をすると言ったら、ドリは満足したのだろう。

一緒に祖父の元へ戻って昼休憩をすることにした。


今日は珍しく夜も生配信を行っていく。

一日に昼と夜で生配信するのは初めてのため、視聴者からも驚きの声がコメントされている。

「今日はみなさんに発表があります」

畑の日記大好きさん　最近
今日は夜も生配信見れるんですね。
何が発表されるのか楽しみです！

名無しの凡人　最近
これはこの前の横暴なやつについてか？

孤高の侍　最近
あの時の男の動画は拙者が解析しているでござる。

貴腐人様　最近
なにかあれば私の金で解決するわ。

鉄壁の聖女　最近
物理なら私に任せてください。

畑作業と同時に配信していたため、思ったよりも視聴者達は阿保達を気にしているようだ。
探索者であれば情報を知っているかもしれない。
今は動画の解析が終わるまで、待つしかない。

「実はトマトのパッケージができました！」

「できまちた！」

「せーの！　じゃーん、これがトマトのパッケージです」

畑の日記大好きさんによるデザインの包装がついに完成した。

しばらく時間がかかると思っていたが、頼んだ業者先の社長の孫が視聴者だったことが判明した。

孫の好きな配信のためならと、すぐに作ってくれた。

孫の頼みを断れないのはどこの祖父も同じなんだろう。

貴腐人様　最近
ぜひぜひ、買いに行きたいですわ。

鉄壁の聖女　最近
やっぱり可愛いです。
これも神棚行き……いや、なんでもないです。

畑の日記大好きさん　最近
私のデザインが形になるとは……。
感動で画面と一体化しそうです。

「では、夜の生配信はこれで終わります。明日直売所で販売しますので、よかったら買いに来てください！」

今回事前に伝えたのは、明日直売所で野菜を売ることが決まったからだ。

ちゃんと前日に生配信で野菜を販売することを伝えれば、前よりは集客効果が見込めると思った。

ただ、住所や店名は身元がバレる可能性があると思い、詳しくは伝えるつもりはない。

宣伝を終えると、そのまま俺は布団の中に入り眠りに落ちた。


次の日、野菜をたくさん車に載せると俺達は直売所に向かう。

「今日はこの間と比べて人が多いな」

「おじさんも手伝ってくれてありがとう」

今日は小嶋養鶏場も協力して、卵の販売もすることになった。

小嶋養鶏場は特に直売所に参加する必要もないが、せっかくだからと言って隣のテーブルの上に卵を並べていく。

動画での宣伝効果は薄いだろうと思っていた。

直売所に見覚えのある近所の視聴者が買いにきてくれると良いなと思った程度だったが、準備を始めるとすでに長い列が出来ていた。

アトラクションを待っているかのような列に、近所の人達も気になってさらに並んでいるぐらいだ。

「ドリは準備できた？」

「できちゃ！」

今日も麦わら帽子を被って、小さな台の上に上った。

ドリの顔が見えると、そこら辺で歓喜の声が聞こえるほどだ。

「今から野菜とお花の販売を始めます！」

いつも通りにスマホを置き、早速販売を始めた。

お客さんのことを考慮して、映るのは祖父母、俺とドリの四人だけだ。

「あっ、貴婦人さん」

つい声を出してしまった。

すぐに口を押さえるが、貴婦人は笑って特に気にしていないようだ。

「野菜を一通り二つずつと大きな花束をお願いするわ」

一番初めに並んでいたのは、この間探索者ギルドで声をかけてくれた貴婦人だ。

貴婦人と呼ばれているほど高貴な身分の人だから流石に並ばないと思ったが、一番前に彼女はいた。

「色々大変だと思うけど、配信も頑張ってね」

「ありがとうございます」

「ありあと！」

俺達が野菜を渡すと貴婦人は優しく微笑んで受け取った。

名前にふさわしい優雅な笑みに少し見惚れてしまう。

「次の方どうぞ」

次はどこか目を合わせないようにしている静かな女性だ。

ドリが必死に目を合わせようとしているが、その度に視線をずらしている。

あまりにも速い動きに残像が見える。

「何にされますか？」

話しかけても中々話す様子がない。

何か俺達が悪いことでもしたのだろうか。

「全部ください！」

「へ？」

「全部買います！」

全部とはここにある野菜と花のことを言っているのだろうか。

以前トマトが腐ったこともあり、今回は多めに持って来ている。

テーブルに置く場所がないため、一部は車にエンジンをかけた状態で待機している。

どういう意味なのか考えていると、テーブルに置かれた札束に俺達の時間は止まった。

きっと帯封の数からして三〇〇万円ほどが目の前に置かれているのだろう。

おじさんはまじまじと見て目を輝かせているが、全て俺達の野菜に対するお金だ。

「これだけじゃ足りませんか？」

どうするか考えるとさらに現金を追加していた。

一体この女性はいくら持って来ているのだろうか。

明らかにそこまでお金は必要ないし、全部買われてしまったら後ろに並んでいる人が買えなくなってしまう。

せっかく来た人達からもどうしようかと声が聞こえてくるほどだ。

流石にテーブルに置いて何かあったら怖いため、俺は急いでお金を手に取り彼女に渡した。

「全て二つまでにしているので申し訳ありません」

俺の言葉を聞いて女性は露骨にがっかりしていた。

そこまでこの野菜が好きなのか、配信の影響かはわからないが幸先が良いスタートだ。

「ありあと！」

ドリが彼女に野菜を手渡しすると、体を大きく振るわせてその場で崩れ落ちた。

息を荒くしていたため体調が悪いのかと思ったら、嬉しそうに目を輝かせていた。

「もう一生手を洗いません！」

野菜を渡す時に手が触れたのだろう。

少し変わった人ではあるが、ドリのファンなのは間違いない。

誰から見てもドリは可愛いからな。

ただ、手は洗ったほうが良いだろう。

よくいる俳優やアイドルと握手した時のファンを間近で見るとは思いもしなかった。

「ほら邪魔になるでしょ」

「いやー離してー！　私ずっとあそこにいたいのよー」

さっき野菜を買ってくれた貴婦人が彼女を引きずって去っていく。

帰り際に貴婦人が俺に握手を求めて来たため、握り返しておいた。

セクハラで訴えられないか少し心配になったが、貴婦人のニヤニヤした顔を見たら大丈夫そうだ。

「次の方どうぞ。何にしますか？」

次はサイズ感を間違えたのか、胸元が大きく見えるタンクトップを着た男性だ。

少し露出している部分が多いのは、今日も湿度が高くて暑いからだろう。

「パパさんを！」

「へっ？」

「パパさんをお願いします」

これは何かの聞き間違いだろうか。

ちなみに俺は販売されていない。

まさか俺を買いたい人が現れるなんて思ってもいない。

「あのー、俺は売っていない――」

「現行犯で逮捕します！」

突然現れた男性達にその人は連れて行かれた。

なぜか今日に限って変わった人達が多いようだ。

「この間はありがとうね」

「あっ、お姉さん！」

この間花束を一番初めに買ってくれた人もまた来てくれた。

「だから私はおばさんよ」

「おねさんだよ？」

「もうおねさんでいいわよ」

ドリに言われて諦めたようだ。

内心はお姉さんと呼ばれて嬉しいのではないだろうか。

「なぜか孫に花束を買ってきてと頼まれてね。中々枯れないから飾るのにも便利だったわ」

野菜は腐りにくいとわかっていたが、どうやら花も切り花なのに枯れにくいらしい。

一般的に梅雨のこの時季であれば、一週間から十日前後で枯れてしまう。ただ、この女性の話では約三週間程度は萎れることもなく咲いていていたらしい。

ひょっとしたら野菜と同じで何かおまじない効果があるのかもしれない。

「孫達のためにありがとうございます。またの機会をお待ちしております」

女性の青色の服に合わせて祖母がラッピングして花束を渡すと、嬉しそうに帰って行った。

少しずつ順調に売れていき、初めは全種類買っていた人もいたが、みんなで気を遣って買う個数を調整していた。

最後には列に並んだ人達全員が買えたので一安心だ。

思ったより生配信の効果があったのだろう。

「皆さん無事に売れました！　また夜に配信させていただきますね！」

「ありあと！」

ドリと、視聴者にお礼を伝えて動画配信を終えた。

今日の夜はお祝い配信ができそうだ。

それにしてもみんなはいつまで直売所にいるのだろうか。

ずっとこっちを見て、俺達が帰るまで待っていた。

四．配信者、酔っ払って気づかない

早速帰ってきたら動画配信の準備をする。

今日はたくさんのご馳走を用意して、配信パーティーという名の夕食会を企画している。

「いただきます！」

「いたたきましゅ！」

実際はただの夕食の風景を配信しているだけだ。

流石にこんな配信では人が集まらないと思ったが、今日もたくさんの視聴者が集まっていた。

なんでも一人暮らしの独身でも、一緒に食事をする感覚が味わえると好評らしい。

料理系動画配信では料理レシピを公開して、一緒に食べるところまで生配信している人もいる。

視聴者のほとんどはドリの食事風景を見にきたのだろう。

貴腐人様　最近
パパさんの手料理も食べてみたいです。
私は買ったトマトを使ってパスタにしたわ。

名無しの凡人　最近

俺はサラダだ。

孤高の侍　最近
拙者カプレーゼにしたでござる。

ハタケノカカシ　最近
侍でもカプレーゼ食べるんだな。

鉄壁の聖女　最近
私は神棚に祀っています。
これで世界は平和になるでしょう。

桃色筋肉　最近
あたしはパパを食べたかったわ。

畑の日記大好きさん　最近
今すぐパパさんを守るんだあああ！

パパを見守る人　最近

うおおぉぉお！

今日も視聴者は元気のようだ。

相変わらずコメントが多く、流れてくるのが速いため目で追えない。

「今日は俺も飲もうと思って準備しました」

そんな俺も今日はお祝いに梅酒を用意していた。

祖母が毎年作っていた梅酒がまだ残っていた。

祖父が認知症になってからは、誰も飲まないため余っていたらしい。

都会で働いていた時はお酒を飲む時間もなく、実家に戻ってきてからもお酒は全く口にしていない。

祖父の介護もあるし、毎日が忙しくて飲む余裕もなかったのが現状だ。

一緒にお風呂に入って、夜中にはトイレへ連れて行く。

祖母と協力をしていても、認知症の祖父の面倒を見るのは大変だ。

「久々におじいさんも飲んでみたら？」

「わしか？」

「最近ずっと元気だったからこれぐらい飲んでも大丈夫よ」

俺やドリと住むようになってから、少しずつソワソワすることは減った。

毎日の畑作業やドリと遊ぶことで夜もぐっすり眠れているのだろう。

前は二時間おきにトイレに行って、夜中はオムツを穿いても脱いでしまう。

防水シーツを敷いたところで、朝には外されてどこかに無くなるため、シーツをよく濡らしていた。

毎日介護をしていた祖母は常に寝不足だった。

それを何年も一人でやっていた祖母を尊敬する。

一番大変だったトイレの問題が解決すれば、ある程度は寝る余裕ができたらしい。

俺は祖父のコップに梅酒を注ぐ。

琥珀色に輝く梅酒に、元々お酒が好きな祖父はどこか嬉しそうだ。

「じいちゃん乾杯！」

「おう！」

グラスに入った梅酒が波のように揺れる。

こうやって祖父とお酒を飲むのは初めてだ。

俺は祖父とお酒を飲まないまま、都会に出て働いていたからな。

「パパ！　かんぺい！」

ドリも一緒に参加したいのだろう。

麦茶を片手にコップを軽く突き出した。

「乾杯！」

満足気なドリは麦茶を一気飲みしていた。

ドリが大人になったら酒飲みになりそうで少し心配になってしまう。

ただ、魅力的な女性に成長するのは間違いないだろう。

「わしも」

「ちょっと待った！」

祖父もドリを見て一気飲みしようとしていたため急いで止めた。

それでもこうやって祖父と飲めることが俺は嬉しかった。

「あっ！」

ドリは何かを思い出したのか急にどこかへ行ってしまった。

普段は食事中にどこかへ行くと祖父は怒るが、どうやら酔っ払って気分が良いのだろう。

何も言わずにニコニコとしていた。

しばらくすると、ドリは笑顔で戻ってきた。

手にはこの間買った魔石が握られている。

ドリにプレゼントとして渡したら、大事に綺麗な空き箱に入れていた。

「それをどうするの？」

俺はドリに確認すると口に咥え出した。

「おいおい、それは食べ物じゃないぞ！」

祖父に続いてドリも急な行動をするため、俺は酔うどころではない。

祖母はそんな俺達の姿を楽しそうに笑って見ていた。

慌てて吐き出させようとしたが、ドリはそのままガリガリと魔石を噛み砕いた。

名無しの凡人　最近
魔石に似た飴かな？

孤高の侍　最近
拙者も今度食べてみよう。
鉄壁の聖女　最近
私も魔石飴を食べさせたかったな。
初体験は私がよかったのに……。
幼女を見守る人　最近
これは鉄壁の聖女も追放か？
桃色筋肉　最近
悪いことするとお尻ペンペンされるよ？
まぁ、あたしにはご褒美よ。
未婚の母　最近
ドリちゃんに変なことを教えない！
探索者である視聴者も突然の行為に驚いていると思ったがそうでもなかった。
「魔石型の飴を持ってきたのかな？」

名無しの凡人や鉄壁の聖女が言うように魔石型をした飴が売っているらしい。

ひょっとしたらいつもギルドで受付をしてくれる女性があげたのかもしれない。

この間も飴をたくさんもらっていたからな。

「飴をそんなに噛んだら痛くないか？」

「おいちいよ？」

ドリは口を大きく開けて俺に見せてきた。

乳歯が欠けた様子もないため、ドリの歯は俺が思っているよりもしっかりしていた。

「だいじょーぶ」

そんな俺の頭をドリは優しく撫でてくれた。

ドリの〝だいじょーぶ〟はなぜか本当に大丈夫な気がする。

調べてみると大手お菓子メーカーが魔石飴という商品を出していることがわかった。

この配信を見た人達は家にある魔石を食べてみたが、口に入れた瞬間に吐き出したくなるような味がしたと。

ドリが吐き出していないってことは、魔石飴を食べたってことで間違いないようだ。

だから、祖母はドリを止めることなく、俺達を見て笑っていたのだろう。

俺だけ勘違いしてバタバタしていたのが恥ずかしくなってくる。

「じいちゃん寝ちゃったね」

「今日は暑かったし、お酒を飲んだから仕方ないわね」

食事を終えた時には祖父とドリは疲れて、食卓テーブルに顔を伏せて寝ていた。

祖父とドリをベッドへ移動させると、俺はそのまま今後について生配信しながら話すことにした。

居間で配信を続けながら、一人で酒を飲んでいる。

完全に俺が一人で悩みを打ち明けているだけだ。

ドリの捜索について全く警察からの連絡はなく進展していないこと。

畑の今後の運用についてなど、誰も興味がないことを独り言のように話していた。

「今後育てる野菜についてなんだけど、どうしたらいいのかな？」

野菜が明らかにおかしな成長速度で育っているのは、ドリのおかげのような気がした。

ずっとドリと一緒に過ごすことができたら良いが、生産者として一定の生産量のキープができなければすぐに職を失ってしまうことが気がかりだ。

名無しの凡人　最近

パパも凡人だったのか。

貴腐人様　最近

弱っているパパ最高！

そんなパパに誰か良い人はいないかしらね。

鉄壁の聖女　最近

二人で〝畑の日記ちゃんねる〟です！

少しずつ畑を大きくして、分けてみてはどうでしょうか？

ハタケノカカシ　最近
そろそろ俺を置いてくれないかい？

畑の日記大好きさん　最近
私も鉄壁の聖女さんと同意見です。
ドリちゃんがいなくても良いように、まずはお金を貯めて好きなように畑作業するのも良いと思います。

様々な意見がある中、普通の畑とドリと育てる畑を作るのはどうかとの意見があった。

異様に速く成長する野菜を視聴者も不思議に思っているのだろう。

ちゃんとした野菜を作れてこそ、やっと生産者を名乗れるような気がする。

「やっぱり悩むとあまり良いことがないですね」

考えれば考えるほどどうしたら良いのかわからなくなる。

「一人で畑も大変だよな……」

高齢者である祖父母はいずれ俺より先に亡くなる。

その時にドリがいなければ俺は一人になってしまう。

一人で畑をやるってなっても、今の状況では無理だろう。
頭の中では考えないようにしていても、将来のことで押しつぶされそうだ。

幼女を見守る人　最近
パパさん元気出して！

パパを見守る人　最近
いつでもみんなが支えますよ。
みんなパパさんの味方です

桃色筋肉　最近
ウホッ！
寂しいならあたしの腕枕貸そうかしら？

ドリ目的の視聴者が多い中、前からコメントをくれる人は俺の応援もしてくれる。
どこか変わった人が多いけど、それでも毎日励まされている。
きっと配信によくあることなんだろう。
今日の直売所での販売は間近で野菜達が売れていくのを見て、感慨深いものがあった。
楽しみに買いに来てくれる人達の笑顔を見て元気をもらえた。

「はぁー、眠たくなってきたな」

直売所でたくさん働いた体は疲れ切っていた。

ずっと飲んでいたこともあり、段々と眠気が襲ってくる。

「今日の配信はここで終わりますね。皆さんありがとうございました。おやすみなさい」

視聴者に挨拶をしてスマホの画面に触れる。

ああ、今日は眠気が強いな。

俺はそのままテーブルに顔を伏せて力尽きるように眠ってしまった。

鉄壁の聖女　最近
今日も忙しかったですね。
ゆっくり休んでください!

名無しの凡人　最近
おやすみ!

貴腐人様　最近
おやすみ……?
パパさーん!
配信消し忘れてますよ。寝顔素敵です。

パパを見守る人　最近
パパさーん！
配信そのままですよー！

桃色筋肉　最近
これはそういうプレイでしょうか笑

未婚の母　最近
これが特別寝顔スクリーンショットタイムね。

俺は動画配信終了のボタンを押したはずが、何かの不手際で押せなかったのだろう。

コメントの通知音を消しているため、音が鳴らない環境ではコメントが来ても俺は起きることなくそのまま眠り続けた。

◇

「よし、今がチャンスですね」

生配信を終える挨拶を聞いて、俺はスマホの電源を落とす。

奴隷が畑の日記ちゃんねるという動画配信をしているのを仲間の男が教えてくれた。

いつもはお昼に配信しているが、夜に配信を始めたことで侵入するタイミングがずれた。

いつ寝ているのかは、窓の外からここ数日見張っていた。

基本的に数時間おきにトイレに行くのか、大体同じ時間に電気がついている。

それを考えると、あいつが寝静まって起きるまでのこの一時間がチャンスだろう。

「阿保さんここの窓なら入れそうです」

窓をゆっくり動かすと鍵が開いていた。

ちょうど風通しが良いこの時季のため、網戸のまま窓を閉めずに眠ってしまったのだろう。

「流石に俺でも誘拐はできないぞ」

「なら、僕がドリアードを捕まえて来るので利益の七割はくださいよ」

そう言って男は家の中に侵入していく。

探索者ギルドに勤める男はドリアードを誘拐して、その力を使って新しい農作物を作ると言っていた。

あのバカな奴隷にできたんだ。

探索者ギルドの職員ならもっと有意義にドリアードを扱えるだろう。

「阿保さんどうぞ！」

玄関の鍵が開けられたところで、ゆっくりと家の中に入っていく。

「うっ⁉」

居間ではあいつが寝ていた。疲れてぐっすり寝ているのだろう。

事前に直売所で売っているところを見ていたが、ものすごい勢いで野菜が売れていた。

何百万も出してまで買おうとする人がいるぐらい高く売れるところを見て、俺の夢は現実に近づいたと感じた。

ゆっくりと男はドリアードがどこにいるか捜す。

あいつの近くでは寝ていなかったため、寝室がどこかにあるのだろう。

最悪祖父母と寝ていたら、バレないように急いで撤収しないといけない。

一階は概ね生活スペースしかなかった。

近くにあった二階に上がる階段をゆっくり上っていく。

家の築年数が古いこともあり、一段ずつ上っていくと木の軋む音が鳴る。

一番近い部屋を一つずつ確認していくと、手前の部屋には老夫婦が寝ていた。

俺に文句を言ってきた老人だとわかると無性に殴りたくなる。

「いきますよ」

見つかっては意味がないと思い、ゆっくりと扉を閉めた。

ここで見つかったら何のために侵入したのかわからない。

俺は男に引っ張られながら、次の部屋に入るとドリアードが一人で寝ていた。

やつは何か道具を取り出すと、ドリアードの口に押し当てる。

紐で身動きが取れないように縛り上げる姿は何度も同じことをしているやつに見えた。

「おい、何やったんだ？」

「魔道具でスキルを封じました。睡眠魔法も付いているので便利なんですよね。暴れても困りますし」

どうやら口に押し当てたものはスキルというものを封じる物らしい。

探索者や魔物と関わることがなかったため、俺にはいまいちわからない。

「へへへ、君のために用意した特注のチョーカーだよ」

眠っているドリアードに花柄がデザインされたチョーカーをつけていく。

普通の大人なら子どもに首輪に近いチョーカーをつけるのは気が引ける。

それなのに男は何にも抵抗なく、むしろ今まで見たこともない、とろけそうなほど甘い笑顔をドリアードに向けていた。

ひょっとしたら幼女が好きなんだろうか。

「早く行くぞ！」

俺達は暴れないようにドリアードを布団に包む。

そして、そのまま抱えて玄関から出ていく。

男は玄関の鍵を閉めて、窓から何事もなかったかのように出てきた。

これでバレることなくドリアードを誘拐することができた。

ただ思ったのは目の前にいるこの男が、思ったよりも危ないやつだったってことだ。

車に乗せた途端、ドリアードの頭を撫でながら、髪の毛の匂いを嗅いでいる。

「そんなにいい匂いがするのか」

俺もドリアードに触れようとしたら、強く手を弾かれた。

「お前のような一般人が高貴なるドリアード様に触れるでない」

幼女が好きなのか、それともドリアードが好きなのかはわからない。

ただ、その姿があまりにも気持ち悪く鳥肌が立ちそうだ。

「んー！」

眠っていると聞いていたが、布に包まれたドリアードは暴れだした。

どうやら睡眠魔法というのが解けてしまったようだ。

男もそんなに早く解けるとは思ってもいなかったのか驚いている。

力の強さからして、本当に人間ではなく魔物なんだろう。

俺達は準備していた車で、男が用意した畑に向かった。

◇

私はいつものように生配信を見て戸惑っていた。

その人は配信終了を押さずにそのまま寝てしまったのだ。

コメント欄にもそれを知らせるように、たくさんのコメントが書き込まれるが、通知音を切っているのか当の本人はお酒を飲んでぐっすり眠っている。

それだけ疲れたのだろう。

みんなで相談した結果、そのまま配信チャンネルから退出することが決まった。

一部の配信者ファンはそのまま寝顔を見ていたいと言っていたが、彼にもプライベートはある。

そこは視聴者である私達が配慮しないといけない。

それに今日は不安な顔をチラチラと見せていた。

「んっ、何か音がする」

画面に近づいて音を確認すると人の足音が聞こえてきた。

きっと起こさないように、彼の両親がゆっくりと歩いているのだろう。

名無しの凡人　最近
おい、じいさんが起きてきたのか？

貴腐人様　最近
ひょっとしてパパさんに夜這い……いや、ここからは言わないわ。
貴腐人の嗜みは見守ることよ。

孤高の侍　最近
パパさん、起きて！
足音は家族のものじゃないでござる。

コメント欄を見ると、同じように足音に気づいた人が数人いた。

一番喜んでいたのは貴腐人だったが、恋人であればこそこそと入ってこないだろう。

その中で怖いコメントをみつけた。

それはこの足音が不法侵入ではないかというまさかのコメントだ。

畑の日記ちゃんねるの視聴者には数多くの探索者がいる。

その中でも様々な能力に優れているものであれば、足音を聞き分けることも可能だろう。

さすがに生配信している時と泥棒が入ってくるタイミングが重なることはないだろう。

ただ、みんな不安に思ったのか必死に起こそうとコメントを残すが彼は起きる気配がない。

私も可能な範囲で動画を録画して、なるべく少しでも情報を残しておく。

幼女を見守る人　最近
動画の解析ができました！

畑の日記大好きさん　最近
聞こえる声ってこの間の生配信で探索者ギルドの職員だと名乗った人と似ていませんか？

動画の解析で誰か特定された。

明るく拡大された画像に映し出された姿は私達の見慣れた人物だった。

「探索者ギルドで働いている男性だよね？」

彼は探索者ギルドでも真面目に働いている印象を持っていた。

そんな彼が不法侵入をするとは思いもしなかった。

数回しか見たことはないが、好印象だったのを覚えている。

まさかそんな彼がこの間の生配信で声だけ聞こえていた人だとは誰も思わないだろう。

探索者でもあるギルド職員が犯罪行為をすると、探索者としての免許は剥奪される。

私達探索者はスキルの影響もあり、探索者としてしか働けない。

だからこそ各々犯罪に手を染めないように気をつけている。

バレた時は普通の一般人と比べて人生を簡単に棒に振ってしまう。

そのまま動画を見ていると、男達が何かを抱えているように見えた。

しばらくすると布に包まれているが、どこかモゾモゾと動く様子が画面に映し出されていた。

探索者として成功した私の勘が嫌な予感を感じさせる。

もし間違っていればそれで構わないだろう。

私は急いでコメントを打ち込む。

鉄壁の聖女　最近
あの布の中ってドリちゃんじゃないかな?
気づいている人もいると思うけど、私は今からギルドに情報をもらってくるわ。

幼女を見守る人　最近
こっちはそのまま解析を続ける。

ハタケノカカシ　最近
監視カメラはないのか?

貴腐人様　最近

そこはお金で解決するわ。
契約している衛星カメラから動画を撮影させる。

犬も歩けば電信柱に当たる　最近
貴腐人ってめちゃくちゃな金持ちじゃないか！

畑の日記大好きさん　最近
何かあれば適宜連絡をください。
パパさん達の個人情報もあるので、連絡が取れるように別のサイトで情報共有しましょう。
パスワードは私がデザインしたパッケージになったおまじないです。

サイトのリンクは前々からファンクラブ用のサイトとして準備していたのだろう。
そんな大事なサイトをこんなタイミングで使うとは思ってもいなかった。
私はすぐに準備をしてイーナカ探索者ギルドに向かった。
あそこなら詳細な住所を知っているはずだ。
移動している間もサイトへ情報は集まってきている。

「すみません！」
探索者ギルドの扉を開けると誰もいないのか静かだ。

夜にギルドに来る人はいないが、何かがあった時のために誰か一人は職員がいることになっている。

「あっ、こんな時間にどうされましたか？」

カウンターの下でこっそり夜食を食べていたのだろう。

カップ麺を片手に女性が顔を出した。

「ドリアードを連れた人の住所を早く教えてください」

「ドリアードですか？　そんな人はいないですし、いても個人情報なのでいくらSランク探索者でも教えることができません」

きっとこの職員はドリちゃんがドリアードだと気づいていないのだ。

視聴者のほとんどは高ランクの探索者だから気づけたが、他の人から見たらただの子どもにしか見えないのだろう。

ただ、今はそんなことを言っている場合ではない。

「トマトを持ってきたあのお父さんだよ！　娘が誘拐されたんだ！」

「えっ……」

「しかも、その犯人がここのギルド職員だ」

さっきの配信の動画を見せると職員も戸惑っていた。

ただ、彼女は特に行動する様子もなかった。

「森田様って低ランクでも探索者ですよね？　本当に娘がドリアードなら魔物が誘拐されても自己責任になります」

チョーカーをつけていない魔物が何か問題を起こせば、探索者であるテイマーの責任になる。

それはパパさんが探索者であればの話だ。

私の口から彼らのことを話す時が来るとは思いもしなかった。

「彼はただの一般人だ！」

これを言ってしまえば必ずあの二人は離れることになる。

それでもドリちゃんの命の方が大事だ。

もし、二人が離れることがあれば、私が探索者を引退すると圧力をかけるつもりだ。

きっと同じSランクの貴婦人も同じことをするだろう。

Sランクを二人も引退させた探索者ギルドって広まれば悪影響にしかならない。

彼女はパソコンで調べると驚いた表情をしていた。

「探索者登録がされていないなんて……」

ギルド側はパパさんが探索者だと認識していたのだろう。

顔が真っ青になった彼女はすぐにどこかへ連絡していた。もし、ここでダメだと言われていたら彼女を脅してでも聞かなければいけない。

「ギルドマスター今いいですか？」

「こんな時間になんだ？」

「ドリアードを連れたパパさんを覚えていますか？」

「あー探索者の森田さんだよね」

「マスターはあの子がドリアードだって知ってたんですか？」

「見た時からわかっていたよ」

スマホ越しに聞こえるギルドマスターの声もパパさんを探索者として思っていたのだろう。

ドリちゃんは見た目が幼女でも、ギルドマスターになるほどの人物であればすぐに魔物だと気づく。

それもあって一般人かもしれないという考えはなかったのだろう。

「今聖女がギルドに来てドリアードが誘拐されたって。しかも、ここの職員かもしれないって直接来たんです」

「いいから貸して」

私は電話を奪い取ると直接ギルドマスターに話を通す。

「今すぐにパパさんの住所を教えなさい。何もなければ私の免許を剥奪すればいいわ」

私はそれだけ今の現状を危険視している。

ドリアードをテイムした報告は一度も聞いたことがない。

それはテイマーではない彼だからこそできたことだと思っている。

普通のドリアードではないドリちゃんが暴走でもしたら、彼が悲しむだけでなく探索者ギルドの管理体制の問題にも関わってくる。

それが分かっていれば、断ることができないだろう。

「責任はギルドマスターの私が取ります。証拠を私に送ってもらうことはできますか？」

私は彼女のスマホにサイト情報を送り、そこからギルドマスターに転送してもらった。

「大葉くん何をやっているのよ」

情報を見て顔と声が一致したのだろう。

彼女もすぐに準備を始めた。

「我々ギルドの職員が勝手に情報を持ち出したことで、今回の事件が起きた可能性があります。彼はテイマーなので、ドリアードを誘拐するのも簡単だったと思います」

どうやって配信者の家を見つけたのか疑問だったが、ギルド職員なら個人情報を探すのは簡単だっただろう。

私は彼女を連れて急いで配信者である彼らの元へ向かった。

五．配信者、ドリアードを救出する

――ピンポーン！

誰かがインターホンを鳴らしている。

こんな早朝に何の用事だろうか。

外はまだ朝日も昇っていない。

――ピポピポピポピポピポピンポーン！

一回鳴らせばいいのに何度もインターホンが鳴っている。

寝ている体を起こして玄関に向かう。

昨日はそのまま眠りについて居間で寝ていたようだ。

久しぶりにお酒を飲んだ影響か、普段より体が動かしにくい。

「朝からうるさ――」

「直樹さん失礼します！」

扉を開けた先にいたのは探索者ギルドの職員と昨日野菜を二番目に買ってくれた女性だった。

突然の出来事に寝ぼけていた頭も少しずつ目覚めてくる。

「朝からどうされたんですか？」

女性達は家の中に入り周囲を見渡している。

表情は曇っており、普段の彼女達の様子からはかけ離れていた。

「本当に配信中に寝ていたんですね」

職員が居間の汚れた状況を見て、少し思い詰めた顔をしていた。

そんなに家の中が汚かったのだろうか。

普段は祖母がしっかり掃除をしているため、以前のようなアンモニア臭は全くないはずだ。

「ドリちゃんはいますか？」

「ドリですか？」

「今は二階に寝ている――」

もう一人の女性が勢いよく二階に駆け上がって行く。

動きが速すぎて目で追うことができないほどだ。

そんなに急いで何かあったのだろうか。

「直樹さん落ち着いて聞いてください。ドリちゃんが誘拐されました」

俺はまだ寝ているのだろうか。

耳から入ってくる言葉が冗談にしか聞こえない。

ドリは今二階で寝ているはず。

もう少ししたら眠い目を擦って、むにゃむにゃ言いながら起きてくる。ただ、彼女の言葉を聞いてから妙な胸騒ぎを感じていた。

ドリなら朝からこんなに物音がしたら起きてくるはずだ。

俺も急いで二階に上がると、さっきの女性は部屋の扉を全て開けて中を確認している。

「直樹これはどういうことだ？」

祖父母も起きて、突然知らない人が家に入ってきていることに困惑していた。

俺だってまだ寝ぼけているのか、頭が全然働いていない。

「ドリが誘拐されたって。そんなはずは――」

俺は自分の部屋を見るが、そこにはドリの姿はなかった。

いつも俺の隣に布団を敷いて寝ているが、もぬけの殻になっている。

「ドリー！　かくれんぼでもしているのか！」

名前を叫ぶが何も反応がない。

トイレや風呂場、倉庫を確認するがドリはどこにもいない。

「やはり誘拐されたのね」

女性は何かを知っているのだろう。

早くドリを助けないと、今頃何をされているかわからない。

俺がドリと一緒に配信したのが、今回誘拐されるきっかけになったのだろうか。

あまりにも突然の出来事すぎて、俺はその場で他に行きそうなところを考える。

「直樹ちょっと落ち着かんか！」

「こんなの、落ち着いていられないよ！」

冷静にさとしてくる祖父にも苛立ってしまう。

「この前のあいつらが誘拐したのか？」

俺とは反対に祖父はどこか落ち着いていた。

祖父は元職場の上司と探索者ギルドの職員と名乗った人のことを言っているのだろう。

「それってこの人達ですか？」

彼女らはスマホの画面を祖父に見せた。俺も一緒にスマホを覗き込む。

女性に見せられた画像はこの間来た人達だった。しかも、一緒に見せられた動画は俺の背後でコソコソと動いていた。

「きっと布団に包まれて誘拐されたのだと思います。幸い直樹さんが動画配信を切り忘れたことで、犯行が全て記録として残っているので、言い逃れはできないと思います」

証拠の動画が残っているのが幸いだった。

それでもドリが安全なのかはわからない。

見た目も可愛い幼女だから、そういう趣味の人もいるだろう。

子どもを誘拐して殺害する事件も過去にはあるぐらいだ。

考えれば考えるほど正気が保てなくなる。

「パパさん落ち着いてください！」

あたふたとしている俺の肩を掴み、女性は落ち着くように声をかけてきた。

「パパさん？」

「あっ、すみません。自己紹介が遅れました。動画配信視聴者の〝鉄壁の聖女〟こと天守聖奈《あまもりせな》です」

どうやら聖奈は時折メッセージをくれた視聴者らしい。

初めてコメントをしてくれた人ってこともあり俺の中でも一番記憶に残っている。

「彼女はSランクの探索者です」

「Sランク⁉」

探索者について詳しくはないが、Sランクといえば日本に数十人しかいない超エリートだ。

ランクはSSまであるが、今存在している人はSランクが最高だった気がする。

「パパさん、大丈夫ですよ！　みんながもう居場所を突き止めてますからね」

監視カメラもないこの田舎で何の戯言を言っているのかと思った。

居場所がわからないからこそ、俺は落ち着いていられなかったのだ。

「これを見てください」

聖奈から見せてもらったスマホにはたくさんの情報が書かれていた。

誘拐した二人がどこを通ったのか、現在どこにいるのかも全て丸わかりだった。

どうやってここまで情報を手に入れたのかわからないが、今は彼女達に頼るしかないだろう。

「ドリはそこの倉庫に居るんですね。すぐに向かいましょう」

祖父母には何かあった時のために家に待機してもらう。

俺は鍬を持って車に乗ると、すぐにエンジンをかけた。

そのタイミングで助手席の扉が開いた。

「私も行かないと道案内できないですよね」

車に乗ってきたのは聖奈だった。

どうやら断っても一緒に来そうな雰囲気だ。

探索者ギルドの職員に祖父母を任せて、俺はドリがいるところに向かうことにした。

車を走らせること一時間。

本当にその倉庫にドリがいるのか気になっているが、ただただ車を運転する。

「なぜドリが誘拐されたんですか？」

誘拐されるには理由があるはず。

ただ、可愛いという理由だけならわざわざドリじゃなければいけない理由はない。

「私だけではなく視聴者の中にいる探索者は、ドリちゃんがドリアードなのは気づいていました」

「えっ……ドリアード……？」

視聴者はドリがドリアードなのを知っていたようだ。

人間だと思っていたのは俺だけなんだろうか。

「ただ、探索者ギルドはギルドマスターと今回誘拐した職員しか気づかなかったと思います。聞いてみたらパパさんのこともただの探索者として勘違いしてましたし」

どうやらギルド内では本当に探索者だと思われていたようだ。

よほどの実力者じゃないとドリがドリアードとわからないらしい。

誘拐したギルド職員だけは、ドリを初めて見た時にはドリアードだと気づいたのかもしれない。

そういえば、初めてギルドに行った時にドリが人間だと言ったのはあの人だった。

俺はそれからドリのことをずっと人間だと思っていた。

「そもそも今回誘拐された理由はトマトにあると思います」

「トマトですか？」

「はい。初めてトマトをもらった時に違和感に気づいて鑑定士に調べてもらったんです」

「何か毒みたいなものが検出されたんですか？」

どうやら鑑定士という名前の職種があるらしい。

もし、毒が検出されたら俺は今後も生産者として働けないだろう。

そんな事件を起こした野菜なんか食べたくないはずだ。

「パパさんが作る野菜には魔力が含まれていたんです」

「魔力って魔石に入っているやつですか？」

「私達探索者は普通の人と比べて違う体の構造をしています。それは体の中に魔力が含まれているかどうかです。その魔力を回復させるには健康な生活をして体を休めるしか方法はないんです」

探索者は体の中にある魔力を使ってエネルギーとして魔法を放つことができる仕組みになっている。

探索者ではない俺とは無縁で魔力が体の中に存在することすら知らなかった。

「一般的にダンジョンの中で採取するか、ドロップ品にしか魔力は含まれません。長年探索者をしている私も野菜に魔力が含まれていた例を聞いたことがないです」

あまりにも驚きの内容に言葉が出なかった。

俺が作っている野菜はダンジョンでも手に入らない、魔力が含まれた珍しい野菜ということだ。

聖奈が調べた段階では、特に食べても体には被害がないため問題はないらしい。

それを聞いて少し安心した。どうにか生産者として畑仕事を続けることができそうだ。

ただ、ここまで話を聞いてドリが誘拐された理由がすぐにわかった。

魔力を含んだ野菜を作って金儲けをすること。

しかも、あの元上司である阿保が一緒ならやりかねないと思った。

「それにしてもどうやってドリの居場所がわかったんですか？」

聖奈に理由を尋ねると、なぜか空を指さしていた。

空から誰かが見ているのだろうか。

「視聴者に衛星カメラを所有している人がいるんです」

衛星カメラとは宇宙にある地球を全方向から監視ができるカメラのことを言っているのだろうか。

まさか本当に空から見ているとは思いもしなかった。

そんな物を所有できる一般人が実際にいたこともだが、その人が視聴者なのも驚いた。

世界的に有名な会社の経営者なら持っていてもおかしくないのだろう。

「私も詳しくは分かりませんが、さまざまなカップリングを楽しみたいと言っていましたよ」

カップリングって曲が発売される時に聞く言葉だ。

それが衛星カメラとどういう繋がりがあるのかさっぱり不明だ。

やはりお金をたくさん持っている人は、一般人の俺とは感覚が全く違うのだろう。

ただ今言えるのは視聴者がたくさんいてよかったってことだけだ。

配信活動も無駄ではなかったんだな。

「そこを曲がったら倉庫に着きます」

角を曲がるとそこには本当に古びた倉庫が目の前にあった。

中は電気がついており、光が建物から溢れ出ている。

きっと誰かがいるのは間違いない。

「少し待っててくださいね」

聖奈が何かを起動すると突然小さな鞄から鎧のようなものがたくさん出てきた。

女性には珍しい重装備と大きな盾を持っているのが印象的だ。

「田舎ですけどダンジョン外で装着しても大丈夫ですか？」

「はい！　これは緊急事態なので！　ドリちゃんにイタズラするやつは――」

「それは緊急事態以外にないですね！」

どうやら聖奈とは気が合うようだ。

ドリに何かする男がいたら俺は鍬で殴りかかるだろう。

顔面から抉り取ってやる。

俺達が倉庫に向かうと聖奈は扉に手をかけた。

「まさか……」

扉の取っ手を持つのではなく物理的に扉ごと持ったと思ったら、勢いよく力を入れた。

扉はそのまま倉庫の壁を無理やり剥がしながら外れていく。

「ふん！」

女性らしからぬ声とともに扉を放り投げた。

大きな音が鳴り響き、男達は驚いてこっちを見ていた。
「のび……のび……」
その隣にはふらふらになりながらもおまじないをかけているドリがいた。
体には痣や内出血ができている。
探索者ギルドの職員の手には鞭が握られていた。
沸々と怒りが湧き出てくる。
ドリをあの鞭で叩いたのだろうか。
考えれば考えるほど嫌な想像しか出てこない。
「おい、ドリに――」
「てめぇら！　皆殺しだ！」
あの声はどこから聞こえたのだろうか。
この場には目の前にいる男達と自分と聖奈しかいないはずだ。
チラッと見ると、さっきまで隣にいた聖奈はすでにいなくなっていた。
盾を突き出すように鞭を持った男に突撃した。
そのまま勢いよく男は飛んでいく。
人間ってあんなに簡単に飛んでいくものだろうか。
トラックに人が轢き飛ばされるびっくり動画ぐらい飛んでいった。
両手に持った盾は何かを守るために存在していなかった。
思いっきり弾き飛ばすか、押しつぶすために存在しているのだろう。

きっと聖奈という聖女みたいな女性は元からいなかったのだろう。

目の前にいるのは〝鬼〟だ。

「次はお前か？」

「ヒィ⁉」

阿保は聖奈に睨みつけられて、その場で腰を抜かしていた。

探索者だから一般人には手を出さないようにしているのだろう。

なぜ、あの男は飛ばされたのか。

それは彼がギルドに所属しているからだ。

探索者ギルドの職員は探索者としての才能があるのが条件のはず。だからあの男に攻撃しても問題はないという理由だろう。

俺はその間にドリの元へ駆けつける。

「おい、ドリ大丈夫か？」

「パパ……パパ！」

やっと俺達のことに気づいたのだろう。

ボロボロになったドリは嬉しそうに頬をスリスリと擦り付けてくる。

「気づくのが遅くなってごめんな」

だんだんと視界が霞《かす》み、俺の目から涙が溢れ出てくる。

「ごめんな。本当にごめん」

何度も俺はドリに謝り続けた。

謝ることしかできない俺の頭をドリはゆっくり撫でる。

「だいひょうぶ……」

どれだけ痛い目に遭っても、ドリは自分より俺のことを優先的に心配していた。

わずかに意識を保ちながら植物の成長を促していたのだろう。

倉庫には成熟した野菜だけではなく、違法薬物である大麻やケシが植えられている。

植物達は、ドリの力によって数時間で大きく成長していた。ただ、野菜も花が咲いた程度で大麻やケシもまだ完全にできたわけではないようだ。

きっと薬物を売ってお金にするつもりだったのだろう。

そんなドリを俺はただただ強く抱きしめることしかできなかった。

「おい、森田もこの女を止めてくれ！　俺の部下だろ」

耳障りな声に俺の頭の中は冷静になってくる。

あいつは何を言っているのだろうか。

もう会社を辞めたから、部下でもなく関係もない赤の他人だ。

沸々と隠れていた感情が湧き出てきた。

「お前何を言ってるんだ？」

「はぁん!?　元奴隷のくせに――」

――ドンッ！

鈍い音が倉庫の中に響く。

俺は握った拳を阿保の顔面にお見舞いした。

今まで人をおもいっきり殴ったことなんて一度もなかった。

それでも今まで溜めていた鬱憤が吐き出された。

「おい、無実な俺を殴ってタダで済むと思うなよ。お前達を暴行罪で訴えてやる！」

この男は何を以て無実と言っているのだろうか。

ここに来るまでの監視カメラもないし、車も通っていないから目撃者はいないと言いたいのだろうか。

ただ、スマホの中にはちゃんとした証拠が残っている。

こいつらは俺が動画配信を切り忘れたことを知らなかったのだろう。

もし知っていたら犯行を実行しなかったはずだ。

「証拠があるって言ったらどうする？」

「そんなのは嘘だ。やったのは俺じゃないあいつだ！」

何か言い訳をしているが、二人が一緒にいたら阿保も犯人なのは確実だ。

現に家に侵入しているのは知っている。

その言葉を聞いた聖奈は自分のスマホを取り出した。

「家に不法侵入したところがバッチリ動画に残ってるんだよ！」

聖奈の動画を見て阿保はその場で力が抜けてぐったりとしていた。

ここまでちゃんと証拠が残っていたら、不法侵入として言い逃れはできないだろう。

その他の罪に関しては捕まってから対応してもらえばいい。

これで俺も阿保とは会わなくて済むはずだ。

「ドリお家に帰ろうか！」

「うん！」

「あっ、ばあちゃんに連絡しないと――」

ドリと手を繋いで家に帰ることにした。

スマホを取り出して、画面をつけるとあることに気づく。

「やばっ……配信したままだった」

俺は充電器からそのままスマホを抜き取ると、画面をつけたままでポケットに入れていた。

画面は暗くても音だけが、そのまま生配信として継続されていた。

コメントもたくさん流れている。

名無しの凡人　五分前

きっとバーサーカーの姫君が暴走しているな。

孤高の侍　四分前

拙者も駆けつけたかったでござる。

貴腐人様　最近

私の衛星カメラが役に立ったようね。

パパさん公認でいつでもパパさんとのカップリングが見られるわ。

パパを見守る人　最近
パパさん後ろ！

畑の日記大好きさん　最近
今すぐ逃げて！

「無事にどうにか……えっ、後ろ？」

突然たくさんのコメントが顔の横を通り過ぎていく。

スマホの画面には溢れんばかりのコメント達。

振り返った時には何か犬のような動物が俺に向かって飛びかかって来た。

俺はミツメウルフに嫌われている。

そう思うのは、毎回俺を襲ってくるのがこいつらだからだ。

「くっ！」

「パパ！」

ドリが襲われないように、胸に引き寄せて庇ったら背中を噛まれたようだ。

それにしてもなぜダンジョンにいるミツメウルフに襲われないといけないのだろうか。

そもそも倉庫にミツメウルフがいる理由がわからない。

「おいおい、俺のドリアードを持っていかれると困るんだよ」

そこにはさっき聖奈に飛ばされた探索者ギルドの職員がいた。

探索者をしているだけあって、体が丈夫なんだろう。

周りにいるたくさんのミツメウルフが彼を守っている。

首には高そうな首輪がキラリと光っていた。

よく見ると、ドリの首元には見たこともないチョーカーがついていた。

どこかミツメウルフがつけている首輪と同じような見た目をしている。

「ドリアードこっちにおいで」

「ヤッ！」

ドリは拒否をするが首元から何か感じているのだろう。

泣きそうな顔で必死にチョーカーを引っ張って抵抗している。

「おい、これはなんだ？」

「ははは、探索者でもテイマーでもないお前は知らないだろうな。テイムされた魔物は首に絶対首輪をつけるルールなんだよ！」

「えっ……そうなのか？」

俺の言葉に聖奈も頷いていた。

どうやら探索者の中では当たり前のことだったらしい。

「その首輪がついている限りは一生俺の言うことを聞く奴隷の完成だな」

ドリが逆らえなかったのはあいつがテイマーだからだ。

無理やり命令するのが、テイマーという職業なのか。

探索者ではない俺にはわからないが、嫌がっているものに命令するのは奴隷と変わらない。

ひょっとしたら初めて会ったときに、ドリに首輪がついていないことに気づいて、今回の犯行を考えたのだろう。

「おい、ギルド職員として恥ずかしくないのか！　抵抗している魔物をテイムするのは、テイマーとしてあるまじき行為のはずだ！」

どうやら一般的な探索者の考えも俺と変わらないようだ。

聖奈の話からするとテイマーの力を使って、ドリアードをテイムしたということになる。

チョーカーは仲良くなったテイムの証しらしい。

俺は必死にチョーカーを外そうと引っ張ってみる。

だが全く外れる気配がしない。

むしろ俺の手が焼けるように痛いだけだ。

「パパ……おてて」

ドリは優しく俺の手を握って首を横に振る。

きっと手を離してと言いたいのだろう。

少しずつ俺の手は火傷していく。

それよりもドリの方が苦しいだろう。

やりたくもない仕事を毎日寝ずにやっていた社畜時代と変わらないことを、幼女がやらされているのだ。

手の痛みよりドリが苦しむ姿の方が俺は見ていられなかった。

大事な家族が目の前で奴隷のように扱われている。

「大丈夫！」

安心させるために俺は優しく微笑む。

必死にチョーカーを引っ張る。

首輪ではなくチェーンのようなものなら、手でも切れるはずだ。

実際に少し緩んでいる気がした。

「チョーカーはテイムしたテイマーにしか外せない」

男が言っていることは事実かもしれない。

外せるなら聖奈が来て、直接手で引きちぎればいい。

それをしないってことは何か理由があるのだろう。

「おい、お前らやれ！」

魔物達が俺に向かって走ってきた。

聖奈はそんな魔物達を遠ざけるように気絶させていく。

彼女は優しいのか、テイムされた魔物たちを気絶させる程度しかせずに殺すことはなかった。

しかし、どこかに隠れていたミツメウルフがひょこっと顔を出して俺に近づいてきた。

それでも俺はチョーカーを引っ張るのをやめない。

あと少しで切れそうな気がする。

なぜか俺にはチョーカーが外れるような気がした。

「うあああああ！」

勢いよくチョーカーを引っ張ると、金具が勢いよく飛んでいく。

「なぜ特製のチョーカーが……」

それでももう遅かった。

「うわああ!!」

無事にチョーカーは外せたが、俺は叫んでいた。

寄ってきたミツメウルフが俺の尻を噛んだのだ。

さっきから不幸なことばかり続く。

「パパをいじめるな！」

ドリが叫びだすと、突然横から蔓のようなものが飛び出してきた。

それに気づいたミツメウルフは距離を取った。

周囲の畑から蔓が次々と伸びていく。

「ドリ……？」

「パパおねんね！」

俺はなぜかその場でドリに寝ているようにと怒られた。

すぐに横になるがドリが少し大きくなったような気がする。

「ドリちゃん進化したの？」

その姿を見て聖奈はどこか嬉しそうだ。

――〝進化〟。

それは魔物にとって次のステージに行くことを言うらしい。
敵を倒した時に手に入る経験値やあることがきっかけで進化すると言われている。
ドリが進化するきっかけはなんだろうか。ただ、俺は今の状況をしっかりと動画に残しておきたかった。
「ははは、これじゃあ畑の日記じゃなくてドリの成長日記だな」

名無しの凡人　最近
あれ？　また配信が始まった？
うえ、ドリちゃんが進化してる！
ドリちゃんいけえええええ！

幼女を見守る人　最近
大きくなってもドリちゃん可愛いよ！

パパを見守る人　最近
私達の分までパパを守ってあげて！

桃色筋肉　最近
ちょっと、パパ！

私達乙女軍団《オネエ》が救助に向かうわ！

その後はホテルにでも。

未婚の母　最近
良いところを邪魔するな！
ついでに桃色筋肉も退治だ！

「ははは、今日もコメント欄が荒れてますね」

ついつい流れてくるコメントに笑ってしまう。

同じ魔物だからかドリをミツメウルフ達は警戒していた。

ドリは男に近づいていく。

そんなドリの姿を聖奈も警戒しながら見守っている。

「おい、俺をどうする気だ」

「メッ！　パパに謝る！」

どうやらドリは男に謝罪させたいのだろう。

どこか胸の奥がぽかぽかしてくる。

こんな状況でもいつも悪いことをしたら謝るように教育したことをしっかりやっているのだろう。

それでも彼はそんな気持ちにならないだろう。

大人になったら心が汚くなるからな。

「俺に指図するな！」

ポケットから勢いよく取り出したのは首輪だった。

男はドリの首元に手を伸ばす。

ドリに着けようとしたが、ドリはそれをあっさりと避けた。

「悪い子は――」

ドリの指示に合わせて蔓は男に巻き付いた。

「お尻ペンペンだよ！」

蔓は男を四つん這いにして、鞭のようにしならせてお尻を叩いていく。

誰もそんなドリの姿を想像していなかっただろう。

「くっ！」

「メッ！　悪い子はお尻ペンペンなの！」

手を大きく振るたびに蔓からは鈍い音が響いていた。

思ったよりも鈍い音に俺はついついお尻を触ってしまう。

それはミツメウルフも同じなんだろう。

いつのまにか俺の周りに集まって、お尻を地面にスリスリしている。

「おい、お前らどうにかしてくれ！」

『クゥーン』

ひょこっと出てきたミツメウルフは俺の後ろに隠れている。

実はさっき噛みついたミツメウルフは、手加減していたのかかなり痛い甘噛み程度だった。

奴隷として扱われていてもミツメウルフには優しい気持ちが残っていたのだろう。
そんな彼らではドリを止められない。

名無しの凡人　最近
なんかあいつ気持ちよさそうだぞ……？

貴腐人様　最近
あれは落ちたね。
ドリちゃんさすがだわ。

桃色筋肉　最近
乙女一丁上がりましたー！
みんな新しい仲間を歓迎しなさい！

未婚の母　最近
ああ、あの人ってただのドMだったのね。

畑の日記大好きさん　最近
ドリちゃんに悪影響です！

即刻始末してください！


コメントがいつもよりも早く更新されていくが、俺はその場で生配信を止めた。

これが人には知られたくない性癖だったら、バレることが彼の受ける罰になる。ただ、同時にドリの印象を下げることになってしまう。

どこからどう見ても、幼女にお尻を打たれて楽しんでいるプレイにしか見えない。

そして〝お尻ペンペン〟を教えたやつは誰だ。

俺はそんな言葉を使った記憶はない。

「お前らも見たくないよな？」

『クゥーン』

ミツメウルフ達は全ての瞳を閉じて俺の後ろに隠れていた。

さっきまでの威勢はどこに行ったのだろうか。

今はメナシウルフだ。

その後もしばらく謎のプレイは続いていた。

大人の俺でも見ていられるものではなかった。

男はよだれを垂らして犬のように喜んでいる。

隣にいるミツメウルフも、主人の犬みたいな姿を見たくはなかったはずだ。

俺がミツメウルフでも、主人のあの姿は見たくない。

しばらくしたら男はその場で力尽きて、お尻を丸出しにした状態で倒れている。

遠くから見てもお尻が真っ赤になっているのは確認できる。

お仕置きを終えたドリは俺の方を見ると、ミツメウルフに囲まれていることに気づいた。

すぐに蔓を鳴らして近づいてくる。

「パパをいじめたの？」

ミツメウルフは全力で首を横に振る。

振りすぎて頭が飛んでいきそうな勢いだ。

「いじめはメッだよ？」

『ワン！』

どうやらミツメウルフには伝わっているのだろう。

すぐに伏せをして俺に頭を下げた。

「パパさんテイマーの才能があったのね」

きっとそれは聖奈の勘違いだろう。

どう見てもドリに怯えている。

ドリが近づくとミツメウルフは尻尾を巻いて逃げていく。

ひょこっと出てきた変わり者のミツメウルフは二足歩行で逃げていた。

どうやら恐怖で走り方も忘れているようだ。

もしくはあいつだけ別の個体なんだろうか。

魔物って本当に謎の生物だな。

「パパ大丈夫？」

前よりかは滑舌が良くなったドリの言葉は聞きやすくなった。

「ああ、助かったよ」

俺が手を伸ばすとドリは手を優しく握る。

全身がぽかぽかすると、体の痛みと傷が少しずつ消えていく。

それと同時にドリは少しずつ小さくなって、元の姿に戻った。

小学生ぐらいのドリも可愛かったが、やはりいつものドリの方がしっくりくる。

「えっ……回復魔法？」

聖奈は何が起きたのかすぐに気づいたのだろう。

俺の元へ来て傷の確認をしている。

「おっ……お前ら人殺しだ！」

いや、別に殺してはいない。

すぐそこに嬉しそうな顔をして、気絶している人はいるが……。

今まで様子を見ていた阿保が怯えながら、その場から逃げようとしていた。

だが、ドリが逃すはずもない。

蔓が阿保の体に巻き付いていた。

「パパにメッする！」

「なぜ俺が――」

「あやまりゅ！」

蔓がミシミシと音を鳴らして、体に食い込んでいる。

阿保も痛いのか、必死に歯を食いしばっていた。

若干さっきの男と対応が違う気もするが、心の中ではもっとやれと応援している。

「ごめんなさい」

やっと出た言葉は心からの謝罪ではないが、心のモヤモヤは少し晴れた気がした。

それよりもドリがこれをきっかけに変な趣味に走らなければ良い。

配信も切ったから、変なやつらも寄ってこないだろう。

「ドリ、ありがとな！」

「うん！」

ドリは俺の元まで全力で走ってくると強く抱きついた。

いつになってもドリは甘えん坊だな。

震える手は必死に俺を守ろうとしたのだろう。

これが人間……いや、魔物と暮らす日常なのかもしれない。

「頼りない父親で本当にごめんな」

「んーん」

ドリは必死に首を横に振っていた。

「ドリがまもりゅ！」

いつの間にかドリは成長したようだ。

「あわわわ、私も仲間に」

聖奈の姿が見えないと思ったら、俺の後ろでドリを見ていた。

仲間に入りたいのかずっとソワソワしている。

「ちょっとじいちゃん達に電話してくるね」

ドリが無事なのを伝えるために、祖父母に電話をかけることにした。

俺とドリが離れたら聖奈は手を広げて待機しているが、ドリが聖奈に会ったのは昨日の直売所が初めてだ。

人懐っこいドリでもほぼ初対面の人にそんなことをされたら警戒するだろう。

「そんな……」

聖奈はその場で項垂れていた。

さっきまでミツメウルフと戦っていた探索者の面影はそこにはなかった。

「直樹か！」

電話に出たのは祖父だった。

コールが鳴った瞬間に繋がったということは、電話の前で待っていたのだろう。

昔から祖父は電話に出るような人ではない。

それだけ今回のことを心配していたのだろう。

「ドリは無事だよ」

「直樹は怪我していないか？　転んでないか？　痛くなかったか？」

祖父はいつまでも俺のことを子どもだと思っているのだろう。

昔から変わらない祖父に少しずつ頭が整理されていく。

今回は重傷になる人は誰一人もいなかったが、何か大事なものを失った人はたくさんいるだろう。

いや、あいつだけは色々得たような嬉しそうな顔をしている。

「ギルドの人達もそっちに向かっているから安全なところにいるんだよ」

隣で祖母も声をかけてくれた。

俺はドリを手招きすると電話越しで声を聞かせる。

「じいじ？　ばあば？」

スマホから祖父母の安堵の声と涙ぐんだ声が聞こえてきた。

幼い時の記憶は俺には残っていないが、きっとダンジョンから帰ってこなかった娘達のことと、今回の事件がどことなく被ったのだろう。

話し終えた俺達は電話を切り、ギルド職員が来るのを待った。

六．配信者、全ては仕組まれていた

「待たせてすまない。森田直樹さんとドリアードのドリちゃんで合っているよね」

「あなたは――」

「私はイーナカ探索者ギルドのギルドマスターをしている東堂海斗《とうどうかいと》だ」

駆けつけた男は初めて探索者ギルドに行った時にぶつかった鎧を着た男だった。

前から会った時には声をかけてくれた男が、まさかギルドマスターだったとは思いもしなかった。

そして、ギルドマスターだったからこそドリがドリアードだと気づいていたことをここで知ることとなった。

「探索者じゃなかったんですか？」

「探索者とギルドマスターを兼業しているってところだね」

見た目も若いのに両立しているところを見ると仕事ができる人のようだ。

年齢も俺より少し年上ぐらいで、三〇歳前後だろう。

「そして私もあなたが探索者じゃなかったことを知りませんでしたよ？　詳しい話はうちの職員と聖女から聞いています」

聖奈が俺の家に来るまでに色々あったのだろう。

よくよく考えてみれば、依頼するときに教えた住所に直接探索者が訪れるって職権濫用しているようなものだ。

それよりも今回のことで気になっていたことがあった。

「ドリはどうなりますか？」

ドリは魔物だった。

テイムされていない魔物で、しかも人を傷つけてしまった。

もう一緒に居られないのだろうか……。

頭をよぎるのは悪いことばかりだ。

「テイマーはスキルを使って魔物との関係を築きます。その証拠にチョーカーという証しで問題が起きないようにテイマーが管理します」

今回はそのチョーカーをつけておらず、俺が管理できなかったことで事件が起きた。

そもそもチョーカーの存在をさっきまで知らなかったのだ。

それに俺の後ろにはドリが育てた違法薬物が多く存在している。

犯罪行為に魔物であるドリアードを使えば、ドリは何かしらの処罰をされるだろう。

「森田さんはドリちゃんをテイムしていなかったんですよね？　てっきりスカーフの下にチョーカーをつけているのだと思ってました」

どうやらスカーフの存在が魔物をテイムしているかどうかの判断を迷わせていたようだ。

ギルドマスターの言葉に頷くと、彼は笑顔でこちらを見ていた。

「それなら特に問題はないでしょう。だって魔物の責任はテイマーである大葉叶雄《おおばかなお》の問題になるからね」

テイムされた魔物はテイマーの言うことには逆らえない。だから大葉にテイムされていたドリの犯罪も、大葉の責任になるということだ。

安心した俺はその場で崩れるように座り込む。

「森田さん達にはこちらの管理不足でご迷惑をおかけしてすみません。彼は名前の通りちょっとあれなんでね」

ちゃんと説明は聞いていないが、名前を聞いただけで少し納得ができた。

大葉叶雄――。

おおばかな雄――。

きっと名前の通りに成長したのだろう。

「私達のような市民を守る一員である職員が、一般の方を傷つけてしまい本当に申し訳ありませんでした」

今の言葉で俺は完全に探索者ではなく、一般人ということがバレたことを表していた。

今後ドリとはどういう形になるかはわからない。

ひょっとしたら探索者ではない俺は、ドリとお別れになるのかもしれない。

わかっていたことだが、現実になるとやり残したことが多く後悔ばかりだ。

「パパって呼ばれていたのにな……」

旅行にも行ってないし、大きな公園にも連れて行ったことがない。

勝手に迷子の子どもを振り回してはいけないと思っていた。

彼は頭を下げると大葉の元へ向かった。

「パパ？」

何も知らないドリは俺を慰めるように頭を撫でていた。

ドリと離れることを考えると涙が止まらない。

「俺はドリと一緒にいたいよ」

「いっちょ！」

俺はドリを強く抱きしめる。

ドリは俺のことをどう思っているのだろう。

「直樹さん、しばらくはドリちゃんとの時間を過ごしてください。その後どのような形になるかは直接自宅にお伺いさせていただきます」

「わかりました」

後のことはギルドに任せて、俺達は車に乗って家に帰ることにした。

◇

「ギルドマスターも酷いことしますよね。私あんなこと言いたくなかったです」

「だって直樹さん泣いてたじゃないですか。絶対ドリちゃんとお別れすると思ってますよ」

「俺か？」

「彼が探索者ではないことなんて会った時からお見通しだからね」

私はギルドマスターの笑っている姿を見て鳥肌が立ちっぱなしだ。

この人は探索者としての手腕ではなく、何手も先を見る頭脳でギルドマスターになった。

私はこの現場に来る前に事件の結末をギルドマスターから事前に聞いていた。

それに協力しないと減給だと言われたら、従うしかなかった。

私達ギルド職員は国に勤めるただの職員だ。

聖女にはただの探索者として知っていたような口ぶりをしていたが、実際はドリアードをテイムできていない一般人と分かってそのままにしていた。

「あの珍しい魔物好きのあいつが何もしないわけないからね」

今回のドリアード誘拐事件もひょっとしたら前から気づいていたのかもしれない。

初めてギルドに来た時から目をつけていたのだろう。

いつもギルドにいないことの方が多いのに、彼らが来るときには絶対にギルドマスターはギルドにいた。

「それに特殊なドリアードを探索者ギルドが管理できるはずないよ。あのドラゴンマスターでも無理だろうね」

一番SSランクに近いと言われ、探索者で初めてドラゴンをテイムした男だ。

テイマーと魔物は強い絆で結ばれている。

それを無視したら大葉のように首輪をつけていても制御はできない。

あの二人を見ていたら、テイマーにスキルは関係ないと思ってしまう。

「じゃあ、大葉を探索者ギルド本部に連れて行こうか」

「俺にそんなことして親父が黙ってないぞ」

彼の親は有名政治家のため、全ての問題が揉み消しになっていた。

幼女誘拐事件や暴力事件。

公にはなっていないがギルド自体に知られているからこそ、ギルドマスターに大葉が託されたのだろう。

大葉は特に問題を起こすような見た目もしていないし、温厚な青年だと思っていた。

裏の顔が違う彼をギルドが処分するために、ギルドマスターとしてその場で揉み消しできない証拠が欲しかったのではないだろうか。

今も笑っている顔が何を考えているのかわからず怖い。

「警察に捕まる奴が何を言ってるんだ？」

冷たい視線を送るギルドマスターはまさに〝冷徹な銃士〟の二つ名に相応しい男だった。

「おい、お前達こいつを嚙み殺せ！」

ミツメウルフ達に命令をするが、誰もギルドマスターには攻撃を仕掛けない。

むしろ必死に首輪を外そうとしている。

「ははは、テイムした魔物にも嫌われているな」

「くそ！　使えないお前らなんて死んで――」

彼はすぐに大葉の首に向かって、手刀で意識を刈り取った。

それだけ大葉は残酷なことをしようとしていた。

『クゥーン』

ミツメウルフ達は彼にお礼を伝えていた。

大葉が出した命令はテイムした魔物に自害をさせることだった。

首輪が唯一できること。

それは最終手段として使う自害行為だ。

この魔物達もあのパパさんとドリアードのように、絆をしっかり築けるテイマーに再び出会えることを願うばかりだ。

「あなたも大馬鹿な男に騙されたようですね。警察署に来てもらいますよ」

「俺は関係――」

「嫌ならあなたも大葉と同じように」

「はい」

一般人である人にギルドマスターは危害を加えないだろう。

ただ、彼の実力であれば一般人なら睨むだけで震え上がる。

男は渋々ギルドマスターの後ろについて倉庫を後にした。

これでドリちゃんの誘拐事件は、ギルドマスターの狙い通り幕を閉じた。

七．配信者、探索者になる

あれから何事もなかったように日々が過ぎていく。

まだ祖父母やドリに今後のことについて直接話すことはできていない。

しばらくは配信活動も中止している。

何かあったのかとダイレクトメッセージやコメントが来ないところを見ると、視聴者も気をつかっているのだろう。

「ハタケ？」

「後で行くよ」

「うん！」

ドリは祖父と共に畑に向かった。

今日はこの間会ったギルドマスターが会いに来ることになっている。

きっとドリの今後について探索者ギルド内で話が決まったのだろう。

「直樹、お客さんが来たよ」

「ばあちゃんありがとう」

玄関まで行くとギルドマスターと一緒にいつも担当してくれる職員、それと聖奈がいた。

玄関で話すには人が多いため、居間に通すことにした。

どこか重苦しい雰囲気が出ているのが気になってしまう。

座布団に座ると聖奈が俺の隣に座っていた。

これからギルド側からの話があるのだろう。

「まず初めにこの間の事件に関して、我々探索者ギルドがご迷惑をお掛けして、本当に申し訳ありませんでした」

この人は礼儀正しい人なんだろう。ちゃんと菓子折りも持ってきて謝りに来ている。

初めにあった時は、チャラチャラした営業マン風の見た目で勝手に判断したが、今では申し訳ないと言いたいぐらいだ。

「この度、依頼者様のプライベートや個人情報を厳守できず、すみませんでした」

住んでいるところを知っていたのは、大葉が個人情報をギルドから手に入れたかららしい。

その時に俺が探索者ではないことが確信に変わり、テイムしていないドリアードを誘拐することにしたと自白した。

上司だった阿保が初めて来た時の反応からして、俺がここに住んでいることを知らなかったのはこういう経緯があったからだ。

「こちらも動画配信をしていたので、住所はバレていたかもしれないですね」

配信動画から住んでいるところを突き止めた可能性もないわけはない。

直売所で売っている姿も動画で生配信していた。

ギルド職員じゃなくても、俺の住所を知る方法はいくらでもあった。

「あとは助けるためと言って探索者である聖女にも個人情報を教えてしまいました」

「あっ、それは全然構わないです。むしろあの時までドリがいないことに気づかなかったですし、皆さんには感謝してます」

ここにいる聖奈を中心に視聴者に助けてもらった。そのおかげでドリを助けることができた。

彼女達がいなければ、ずっとドリは昔の俺のように働かされていただろう。

危機管理能力のない俺が嫌になる。

「今回来たのは今後のドリちゃんについてです。この度彼女は探索者ギルドで預かることが決まりました」

「話が違――」

「聖女は黙っていてください」

俺の考えていたことは当たってしまった。

ドリはあんな見た目をしているが、Cランクの魔物で環境によってはそれよりも強くなってしまう。

そんな魔物を一般人である俺に任せられないのだろう。

ここには畑もあるし、暴走したらスキルがない俺には止められない。

それこそドリだけで町が壊れる可能性も出てくる。

「そこで提案ですが、ドリちゃんと共に探索者になりませんか？」

「えっ⁉」

俺は自分の耳を疑った。

今回の事件で俺とドリが探索者ギルドに登録していないということが問題に挙がった。

テイマースキルがない一般人に魔物が懐くことが異例のため、対応を検討していたらしい。

そこで今まで探索者ギルドに黙っていたペナルティーとして、俺を探索者登録するということにになったそうだ。

だが、そもそも俺に戦う力はないし、探索者になるためのスキルが存在していない。

探索者になるにはいくつかの試験に通る必要がある。

感覚的には選ばれた国家公務員みたいな存在だ。

探索者になるってことは、俺もダンジョンに行かないといけないのだろうか。

知識もないやつが探索者になったら即死してしまう。

「ダンジョンに行ってほしいってわけではなくて、ちゃんと探索者のテイマーである証拠とドリちゃんがテイムされているという証拠を示してもらうだけなので気にしなくて大丈夫です」

ギルドマスターの言葉を聞いて安堵したのか、息が一気に吐き出される。

さっきからずっと心臓がバクバクと鳴っている。

単純にギルドが俺とドリを守るための対応らしい。

「それとテイムした魔物を従わせるために、特別なチョーカーを準備しました」

「だいぶ前から作っていたくせに……」

「君は静かにしておきなさい」

「いっ⁉」

俺には見えないが、足元で何かが起きているのだろう。

ギルドマスターが取り出したのは、花のチャームがついたチョーカーとブレスレットだった。

二つとも連動しておりチョーカーを着けている魔物に何かあった時は、ブレスレット保有者に信号がいくようになっているらしい。

そして、何かあった時はテイマーの指示でチョーカーが首を絞め付ける効果があると。

ドリを管理できないと思った時は自らの手で止めるか殺せということだろう。

自分の子どもだと思っている子に、首輪をつけろと言われて素直に喜べる人はいないだろう。

結局は首輪をつけてほしいってことだ。

「少しドリと相談しても――」

「ただいま！」

どうするか迷っていると畑に行っていたドリが帰ってきた。

いつの間にか時間が経っていたようだ。

俺は今回の問題を一人では、どうすることもできないと思ったのだ。

ドリとはこのままずっといたいが、管理できずに殺してしまうなら探索者ギルドが管理した方が幸せなのかもしれない。

頭の中ではドリと一緒にいたい。でも、安全なところで元気に楽しく生きてほしいとも思っている。

「ネーネ！」

「ドリ、まずは挨拶だ！」

「おはにょ！」

祖父に言われてすぐにドリは挨拶をしていた。

ドリと祖父は何が起きているのかわからないのだろう。

遠くで聞いていた祖母も思い詰めたような顔をしていた。

「もう昼過ぎだぞ？」

「じいじ？」

ドリは必死に考えたが出てこなかったため、隣にいる祖父に助けを求めている。

そんなドリの姿に祖父も微笑んでいた。

きっと頼られて嬉しいのだろう。

「今はこんにちはだな」

「こんちゃは！」

どこか怪しい挨拶だがドリらしくて良い。

この間の成長には驚いたが結局進化したのかも謎のままだ。

「うっ……もう死んでもいいですか」

一方、ネーネと呼ばれて挨拶されたからか聖奈はその場で泣き崩れていた。

推しに直接挨拶されるとこんな姿になるのだろう。

初めて見る光景に驚きを隠せない。

「パパ！」

ドリは俺の膝の上に座ると下から俺の顔を覗いてくる。

また何かを感じ取ったのだろうか。

「なーに？」

「パパしゅき！」

「尊死！」

急なドリの攻撃に俺よりも隣にいた聖奈がやられていた。

きっと俺を安心させたかったのだろう。

「俺もドリが好きだぞー」

優しく頭を撫でると嬉しそうに頭を擦りつけていた。

自ら撫でてもらうスタイルもだいぶ慣れてきた。

「本当に親子みたいですね」

「ああ、だから彼にしか彼女は預けられないんだ」

俺の耳にはギルドマスター達の話し声は聞こえなかった。

「あー、かわいい！　もう今すぐに死ねるわ」

だって、隣にいる聖奈がずっとうるさかったからだ。

しばらく遊んでいると、ドリはテーブルの上に載ったものに気づいた。

ギルドマスターが持ってきたチョーカーとブレスレットを指さししていた。

「ちょーだい」

「これが欲しいのか？」

自らチョーカーが欲しいとドリは言ってきた。

自分のことを魔物と理解している行動なんだろうか。

この間テイムされていたミツメウルフを見て、彼らも意思があると感じた。

魔物を首輪で縛り付ける。

それがルールでも本当に正しいことなのかと疑問に思ってしまう。

チョーカーをつけたら俺がドリを縛りつけるような気がする。

つけたらもう後戻りはできない。

「そんな難しい顔をするな。直樹の好きなように生きればいい」

祖父はいつも俺を応援していた。

田舎から都会に出る時も何も言わずに送ってくれた。

「私は家族が元気ならいいわ」

祖父母は俺の顔を見て頷いていた。

俺達家族は、祖父母と俺。

そしてドリアードのドリがいるのが森田家だ。

誰かが欠けたらもうそれは森田家ではない、違う家族になってしまう。

「いっちょ！」

ドリはもう一方のブレスレットと俺を交互に見ていた。

悩んでいた俺とは正反対に、ただ同じアクセサリーをつけたかっただけかもしれない。

真剣に考えていたのがどこか馬鹿らしく感じてしまう。

そこがドリの優しさであり、良さでもある。

「ギルドマスター、俺を探索者に登録してください」

俺達に申し訳なさそうにギルドマスターも頭を下げていた。

俺はドリの首につけていたスカーフを外す。

「ドリ……ごめんね」

テーブルに置いてあるチョーカーを手に取ると、ドリは自らチョーカーに寄っていった。

――カチッ！

静かにチョーカーが装着される音が部屋中に鳴り響いた。

もう戻ることはできないようだ。

「ドリがやる」

ドリはブレスレットを手に取り、一生懸命俺につけようとしていたが、金具の外し方がわからないようだ。

「ここを掴むと外れるよ」

聖奈が優しく教えると、ドリは満面の笑みを聖奈に向けた。

「ありあと！」

「もうダメ……無理。命が何個あっても足りないわ」

聖奈は再び悶え出した。

さっき静かになったと思ったのに、また変な声を出している。

「Sランク探索者を即死させるドリちゃんってドラゴンよりも強いわね」

探索者ギルドからきた二人は、そんな聖奈を少し冷めた目で見ていた。

俺はドリに腕を向けるとブレスレットをつけた。

「へへへ、いっちょ！」

「一緒だな」

満面の笑みを向けるドリの顔を見ると、どこか胸の奥の締め付けが少し緩んだような気がした。

これがテイマーと魔物の絆なんだろう。


他には探索者ギルドから阿保は住居侵入罪および窃盗という扱いになったと報告を受けた。

人間とは違う魔物のドリは身代金目的の誘拐や強制留置にはならないらしい。

一方の大葉については、様々なことがあり報告はできないと言われた。ただ、二人とは一生会うこともないように処理はしたと言っていた。

「では、探索者登録をさせていただきます」

探索者登録は意外に簡単で、タブレットに住所、氏名、サインだけで終わった。

本当は色々と試験があるはずだが、俺は特別対応で何もしなくて良いらしい。

「ではドリちゃんをテイムされた魔物として登録します」

ギルドマスターは何か呪文のようなものを唱えた。

何かが変わったわけでもないが、どこかドリが近くにいるように感じる。

花のチャームが魔力を溜めておく装置で、魔石から魔力を流すことでスキルと魔力がなくてもずっと使える特別仕様らしい。

新しいテイマーの形として今後も開発する予定の魔道具の試作品だ。

ちなみにこのブレスレットとチャームが一式で車が買えるほどだと言っていた。

「それで今日来た本題ですが、できれば畑を一緒にやっているおじいさんにも参加していただいてもよろしいですか？」

まさかの探索者登録が本題ではなかったことに驚いた。

俺はてっきりそっちの話をするために来たと思っていた。

「わしか？　わしは構わんぞ」

ソファーでお茶を飲んでゆっくりとしていた祖父が急に呼ばれてびっくりしていた。

「今回ドリちゃんが関わった野菜に微弱な魔力が含まれていることを知っていますよね？」

隣にいる聖奈が、独自で調べて教えてもらった情報だ。

俺が頷くとギルドマスターは話を続けた。

「今回話をしたかったのはその野菜についてです」

「そんなに魔力を含んだ野菜ってすごいんですか？」

「めちゃくちゃ凄いんです！」

職員の女性は急に立ち上がると熱く野菜について語り出した。

「それで今回は違法薬物である大麻もあったんですが、痛みの緩和ケアをしながら魔力を与えて病気が――」

息継ぎもなく話し続けるその姿に、どことなく聖奈と似ている何かを感じた。

「くくく」

「もう、何で笑うんですか！」

そんなに俺達の作った野菜について熱く語ってもらえると、生産者として嬉しくなってしまう。

「いや、本当に好きなんだなーって」

「好きって……」

なぜか彼女はトマトみたいに顔を赤く染めてすぐに座布団に座った。

何か悪いことでもしたのだろうか。

その様子を見ていた祖父はどこか怒っている。

「直樹、あれはいかんぞ」

「そこも探索者ギルドが教育しておきますね」

「おお、男前の兄ちゃんが教育してくれるなら直樹も結婚できるな」

「ちょ、じいちゃん！」

さっきまではドリと離れるかもしれないと思っていたため、他愛もない話がどこか嬉しく感じる。

それにしても顔がどんどん赤くなって大丈夫だろうか。

「それで話を戻しますが、ぜひここで作った魔力が含まれた野菜を探索者ギルドに卸してくれませんか？　それと今はギルド以外に売らないようにしていただきたいです」

ギルドの話では、他に魔力入りの野菜が売れてしまうと転売や様々な悪用目的で利用される可能性があると言っていた。

それを防ぐためにも販売先を固定しておいて、安全が確認されたところのみに直接卸すことに決まった。

それだけ魔力を含む野菜が珍しく、未知の領域なんだろう。

普段何気なく食べているが、今のところ体に問題は出てきていないはずだ。

「お値段はこれぐらいでどうですか？」

「こんなにですか？」

「実はスポンサーがいないので、資金が出せないんです。安くてすみません」

提示された金額はこの間阿保達が来た時よりも格段に高かった。

トマト一つが数万円レベルだ。

間違いなく高級トマトを遥かに超えるレベルだろう。

価値としてはもっと高くなると言われたが、あまりにも高すぎると買い取り手が少なくなるため、生産者としても問題ない。

他にも様々な野菜が同じような値段設定になっていた。

「こちらこそよろしくお願いします」

俺はその場で契約することにした。

毎月納品ではなく、できたタイミングで問題ないため、こっちとしても全て好条件だ。

「あとは一つお手伝いをしてほしいことがあります」

もう他には手伝えることはないが、何かできることがあるのだろうか。

「それはなんですか？」

「ここにいる天守聖奈さんをこの家に少しだけ住まわせてもらえませんか？」

ん？

住まわせるということは一緒の屋根の下に住むってことだろうか。

「そんなに深く考えなくてもいいだろ」

そんな俺を見て祖父母は笑っていた。

絶対この人達は俺をからかって楽しんでいるだろう。

「実は国からこの辺にできたダンジョン調査で彼女を派遣することが決まったんです」

「あっ、多分そのダンジョンの発見者は俺です」

どうやらダンジョンの探索に必要な人を派遣することになったが、住むところが近くにないのが問題になっていたらしい。

たしかにダンジョンの調査が始まるのが少し遅い気がしたが、そんな理由だったとは。

魔物が溢れ出てくる可能性を考えると、調査を早く開始した方が良い。

そのために、探索者である俺の家を拠点とすれば、問題がないのではと考えたようだ。

なんだか、ギルドマスターの手のひらの上で転がされているような気になる。

「あとはドリちゃんに何かあった時に高ランク探索者ならどうにかできるからね」

俺とドリも新しいテイマーの形として実験段階でもある。

ドリに何かあった時に止められる存在がいた方が良いのは俺も同じだ。

「わしは構わんぞ！」

「私も賑やかになるのは賛成よ」

祖父母もしばらく住むのは問題ないと言っていた。ただ、声を上げたのはもう一人いた。

「私もここに住みます！」

「えっ……？」

予期せぬことでギルドマスターも驚いていた。

本当に急な発言だったのだろう。

さすがに自分の会社の職員が関係ないのに住むと言ったら色々と問題だ。

「あー、君はダメだ。うん、今は引きたまえ」

「私だって直樹さんも守ることはできますよ！」

「それは関係ないです。仕事に私情を挟むと大葉のようになりますよ」

「ギクッ⁉」

そう言ってギルドマスターは要件を話し終えると、すぐに彼女を引っ張って帰って行った。

そういえばあの職員の名前をまた聞き忘れてしまった。

八．聖女、知らない感情に戸惑う

「聖奈さんは苦手な食べ物はあるかしら？」

「お祖母様の料理ならなんでも頂きます」

推しの家に短期間の下宿が決まり喜んでいたのは数日だけだった。いざ、その時が来たら緊張してドキドキが収まらない。

いつも画面越しで見ていた光景が、今目の前に広がっている。

すぐにでもスマホで動画を撮影したくなったが、さすがにそんなことをしていたら変な奴だと思われるのはわかっている。

だから、スマホの電源を落としたし、鼻と耳の掃除も専門クリニックに通い綺麗にした。

全てを五感で感じる準備はできている。

穴という穴を最大に広げて血眼になってこの光景を目に焼き付ける。

皮膚の毛穴から感じるドリちゃんとの空気は生きててよかったと思えるほどだった。

「待たせてすみません、聖奈さんの部屋も準備しておきました」

「いえいえいえいえいえ、私はその辺の道端に捨てておいてもらって平気です」

私はどこにいたら良いのかわからず、廊下の壁と一体化していた。

推し達の空気を汚したくはない。

今までドラゴンを前にしても、あまり緊張したことのない私が今は緊張しすぎて吐きそうだ。いざ、冷静になってみたら事件の時は無我の境地になっていたから緊張しなかったのだろう。

私のバーサーカーモードも壊れてしまったようだ。

「さすがに我が家を守ってもらう探索者様で女性の方にそんな扱いはできないですよ」

笑って一階に下りていくパパさんの姿を見て、さらに心臓が飛び出た気がする。

推しのパパさんにも気をつかってもらって、明日にはきっと私はこの世に存在していないのだろう。

今なら災害級のドラゴンに囲まれても一瞬で倒せそうな気がする。

一度自分を落ち着かせるために部屋に入るとすぐにタブレットを開く。

「はあはあ、ドリちゃんかわいい」

私はお気に入りの第一回動画配信の畑の日記ちゃんねるを見て気持ちを落ち着かせる。

もうこの動画だけでも何回見たのかもわからない。

この動画に出会わなければ今の私は存在しなかっただろう。それだけ生きている意味をあの当時は失っていた。

「ご飯の準備ができたわよ」

一階から聞こえた声に気づいた私は急いで下りていく。

すでにパパさんやドリちゃんが夕食の準備をしていた。

「私も何か手伝います」

「今日ぐらいゆっくりしてください。明日からダンジョンの調査が始まるんですよね？」

「あっ、はい」

「よかったらドリも喜ぶので隣に座ってください」

「ネーネ！」

ドリちゃんは座布団をトントン叩きながら、私に隣に座るように言ってきた。

ドリちゃんの可愛さとパパさんの底なしの優しさに私の脳の処理能力はついにバグってしまった。

その後の食事も夢のような時間だった。

記憶にあるのは食べたこともない美味しい料理と緊張しすぎてたくさん食べてしまったことだけだ。

野菜をふんだんに使った料理を口に入れた途端、さらに天国に行ったと思った。

今では魔力も少しずつ回復しているし、どこか力がみなぎっている気がする。

素材の味を十分に引き出した懐かしいと思える味に箸が進んだ。

その隣ではドリちゃんも張り合うようにたくさん食べていた。

いつの間にか食いしん坊のお嬢さんとお祖父様に呼ばれていた。

お祖母様も追加でどんどん料理を持ってくるため、ここの家族の優しさに涙が止まらなかった。

一日で笑ったり、緊張したり、泣いたりなど絶対情緒不安定なおかしい女性だと思われただろう。

そして、入浴を終えて寝るだけになった時に事件は起きた。


「あのー、隣で寝てもらうことになってすみません」

「あっ、いえいえいえいえいえいえいえ大丈夫です！」

「くくく、そこまで言われると嫌なのかどうかもわからないですね」

「めちゃくちゃ嬉しいです」

こんな状況が嫌なはずがない。ただ、どうしてこんな状況になったのだろうか。

推しの家にいるって現状だけで胸が弾けそうなのに、推しと一緒に寝ることになったのだ。

「ネーネいっしょ！」

部屋に戻ろうとしたらドリちゃんに止められたのだ。

推しの上目遣いが、こんなに衝撃が強いとは思わなかった。

悩殺を通り越えて、再び天国が見えた気がする。

これが世間で言われている〝尊死〟というものだろう。

川の向こうにはたくさんのドリちゃんが手を振っているような気がした。

「ならそっちにドリの布団を持っていきますね」

「パパいっしょ！」

「へっ⁉」

ドリちゃんはパパの腕も掴んで離そうとしなかったのだ。結果、今のこの状況に至る。

「川の字で寝るのって久々――」

「私は初めてです」

パパさんの言葉を遮るように私は声を出してしまった。

私は幼少期から探索者としての適性が高かった。

それは私の家系が代々探索者を輩出している有名な一族だからだ。だから、英才教育としてたくさんの習い事をしていた。

ありとあらゆる武術はもちろん様々な武器の使い方も学んだ。

全ては探索者になるための稽古だった。

家に帰っても親と話すことはなく、いつも、静かな部屋で一人寂しくご飯を食べる日々。

きっと愛情がなかったわけではないと思う。将来のために英才教育を受けさせてもらえたのだ。

それでも親との思い出は何一つなかった。

生まれた時から何のために生きているのか私にはわからなかった。

「ドリちゃん寝ちゃいましたね」

「きっと聖奈さんに遊んでもらえて嬉しかったんですよ」

ドリちゃんは心地よさそうな顔で寝ていた。

推しの寝顔がすぐ隣にあるのに、ドキドキして顔を横に向けることもできない。

それにパパさんの優しさに心臓がうるさくて全く眠たくならないのだ。

天井を見上げながら時が過ぎるのを待っていた。

きっと時間が経てば眠たくなる。私はずっとそう思っていた。

「またドリ布団を蹴ってるよ」

パパさんは起き上がり、ドリちゃんに布団をかけていた。

何気ないこの空気感が、私の求めていた日常だと感じてしまう。

誰かと一緒に食事をする時間。

誰かと一緒の部屋で寝る時間。

昔から私が求めていた、ごく普通の幸せがここにはあった。だから、畑の日記ちゃんねるを無我夢中で見続けていたのだろう。

「聖奈さん寝られそうですか？　いつもと寝具が違うと寝づらいですよね」

きっと結婚したらこんなふうに生活をするのだろうか。

そう考えるとさっきとは違うドキドキが襲ってくる。

「あっ、はい」

私は少し恥ずかしくなり寝返りを打つ。

必死にドキドキした気持ちを落ち着かせる。

きっと寝具は関係ないし、寝られないのはこの心臓が悪いからだ。

今すぐにでも救急外来に行ったほうが良いのかもしれない。

「また明日には良いやつを用意しておきますね。おやすみなさい」

私は寝具が原因で寝られないと思ったのだろう。

勘違いさせて申し訳ないことをしてしまった。

パパさんも疲れているのか、すぐに寝息が聞こえてきた。

「おやすみなさい」

誰かにおやすみなさいと言ったのは久しぶりだった。

◇

「ネーネ！」

「パパ！」

大きく揺さぶられて私は目を覚ます。

中々寝付けなかったけど、いつの間にか私は寝ていたようだ。

ドリちゃんが私を起こしてくれた。

推しに起こされるなんて夢のようだ。

ゆっくり目を開けると、なぜか目の前にはパパさんの顔があった。

「へっ？」

「あっ、おはようございます」

パパさんは少し照れた顔で戸惑っている。

私は気づいたらパパさんに抱きついて寝ていたようだ。

どうやらドリちゃんがパパさんを引っ張ったところに、私が抱きついて離さなかったらしい。

真ん中にいたドリちゃんは一人で抜け出せたようだ。

彼は起きても身動きが取れず、私が起きるのを待っていた。

大きく欠伸をしているパパさんを見ると、それからは寝ずに起きていたのだろう。

「すみません！」

急いで手を離して土下座をする。

こんなに迷惑をかけるとは思いもしなかった。

今すぐにでもここから出て行った方が良いだろう。

むしろ、ここで切腹する覚悟はできている。

きっと一回では足りないため、後世も生まれた瞬間に切腹する宿命だ。

「いえいえ、今日からダンジョンの調査をするのに寝不足だったら命に関わりますからね」

収まったと思っていた胸の高鳴りが再び強く動き出した。

こんなに優しい男性はきっといないだろう。

Sランク探索者の女性なんて、見た目が女性でも中身は強く恐ろしいただの化け物だ。

パパさんは私のことを化け物ではなく、一人の女性として接してくれる。

昨日から続くこの激しい鼓動、本当に病気にでもなったのだろうか。

「ネーネ！」

「パパ！」

そんな私達にドリちゃんは両手を出してきた。

どうしたら良いのだろうと困っていたら、パパさんはドリちゃんの手を握っていた。

「朝からすみません。ドリの手を握ってあげてください」

言われた通りにドリちゃんの手を掴むと、満足したのか微笑んでいた。

家の中をドリちゃんに引っ張られる私とパパさん。

少しでもこの時間が長く続けば良いなとふと思ってしまった。


私は鎧をいつものように装着していく。

今日の朝食もとても美味しく頂けた。

昨日のこともあり、テーブルにはバイキングかと思うほど料理が置いてあった。

「怪我しないように気をつけて帰ってきてくださいね」

「あっ、はい」

ダンジョンの手前までパパさんに案内してもらう。

ドリちゃんはダンジョンには近づきたくないらしい。

朝のことがあってから、妙にドキドキしてパパさんの顔を見るのも恥ずかしい。

昨日とは違い朝食を静かに食べていたら、彼の祖父母を心配させてしまった。

もちろんたくさん用意してもらった料理はドリちゃんと完食した。

「これお弁当です」

生まれて初めて作ってもらったお弁当につい笑みが溢れてしまう。

学校行事でいつも食べていたのはコンビニ弁当だった。本当に優しい人達に接して、再び涙が溢れてきそうだ。

涙を見せないようにすぐに頭を下げる。

「ありがとうございます！　嬉しいです！」

落ち着いた頃に視線を上げるとパパさんも笑っていた。

その笑顔に身体中の体温が上がっているような気がした。

「俺で良いならいつでもお弁当を作りますよ」

どうやら彼が作ってくれたらしい。

目が合うと胸の奥に潜む何かが溢れ出そうだ。

この気持ちはなんだろうか。

知らない間に状態異常の魔法にでもかかったのだろうか。

ダンジョンに行くと言って、救急外来に突撃しに行くべきだろうか。

ここから一番近い病院なら、全力疾走すれば三時間程度で着くはずだ。

吐き気とは違う何かが口から出そうな気がする。

貴婦人が言っていた砂を吐くとはこのことだろうか。

「行ってきます」

そんなことを思いながら、ダンジョンの中に足を踏み入れた。


「またミツメウルフか！」

盾でミツメウルフを牽制しながら、近場の魔物から押し潰していく。

私は大きな盾を振り回して、そのまま押し潰して戦う。

なぜ、この戦闘スタイルかって？

「ははは、早くかかっておいで？」

私が戦闘狂だからだ。

昔は大剣二本を片手ずつ持って戦っていた。だが、戦っている時は無我の境地に入ってしまい、周囲が見えなくなってしまう。

近くにいる探索者も巻き込んで、気づいた時には取り返しのつかない状態になっていた。

盾なら大剣より殺傷性が少ないため、まだ落ち着いていられる。

探索者として育てられた私はこれでしか生きていけない。

ミツメウルフばかり出てくる一階から地下に潜ると、急に肌がピリピリと痛く感じた。

この感じは明らかに最高難易度の富士山と似た感じがする。

急な難易度の変化に辺りへの警戒を強める。

「ここでオーガが出てくるのか」

オーガは鬼のような見た目で、二メートル以上ある巨体の魔物だ。

体が大きいのに、動きが素早い。

中位ダンジョンだとオーガが階層ボスとして出てくるが、ここのダンジョンは二階層からそんな奴がゴロゴロ出てきた。

「それでもこんな弱いパンチは私に効かないよ」

盾でそのまま攻撃を防ぐと壁に勢いよく押し込める。

それにしても今日は一段と力がみなぎる気がした。

盾で圧迫されたオーガは体から空気を吐き出す。

そんなオーガを何度も盾で押しつぶす。

両手に盾を持つ私の変わった戦闘方法。
――サンドイッチ方式
「ははは！　新たなダンジョンには楽しみがいっぱいだ！」
私はその後も魔物達を物理的に叩きのめすことに集中した。

ダンジョン調査が落ち着いた頃、地上に戻ると畑にはいつもの生配信風景があった。だが、今日は動画配信をしていないようだ。

たしかにいつも鳴り響くスマホからの配信アラームが鳴らなかった。

いつもすぐに配信が見えるように、生配信されたタイミングでアラームがなるように設定している。

まだ配信を再開できていないのだろう。

「あっ！　ネーネ！」

遠くから呼んでいるドリちゃんを見て、昂っていた気持ちが自然と落ち着いてくる。

ドリちゃんの笑顔には私を自然な状態に戻してくれる力があるのだろう。

それと同時に忘れていた気持ちが目を覚ました。

「聖奈さんお疲れ様です」

「あっ、お疲れ様です」

気持ちは落ち着いてきたはずなのにドキドキが収まらない。

ダンジョンで味わうのとは違う興奮が襲ってくる。この体は本当に病気になったのだろうか。

「ダンジョンはどうでしたか？」

「最高難易度のダンジョンに匹敵するレベルでしたよ」

私の言葉を聞いてパパさんは驚いていた顔をしていた。

たしかに家の近くにダンジョンがあるだけでも恐怖なのに、それが最高難易度だと言われたら驚くだろう。

そのダンジョンがスタンピードでもしたら、確実にこの地域が消えてなくなるレベルの最高難易度だ。

「あの時ドリをダンジョンに返さなくてよかった」

パパさんは自分の心配よりもドリちゃんをダンジョンに返さなくてよかったと話していた。

探索者としての能力がない彼がダンジョンに入ってたら死んでいた可能性も高い。

ミツメウルフでも普通の人間なら大怪我をする。この間、噛まれていたのに生命に関わらなかったのはある意味幸運だった。

そんなパパさんの言葉に優しい気持ちになってくる。

「もうすぐ作業が終わるので一緒に帰りましょう」

「わかりました」

私はリアルで畑の日記ちゃんねるを観察することにした。

ああ、一緒に帰ろうって言われたのってどれぐらい振りだろうか。

幼い時の記憶は残っていないため、かなり久しぶりな気がした。

戸惑う気持ちを抑えながら、私は推し達の様子を拝んでいた。

第三章

幸せな日常

一．配信者、ダンスを披露する

「今日はじゃがいもの収穫に行こうか！」

「いもいも！」

じゃがいもは茎葉が黄色くなり、茎がしなびて倒れた頃から収穫時期となる。

ここからさらに茎が枯れて萎れたら、完熟したじゃがいもになる。

今の段階なら新じゃがになるだろう。

雨が降っているとじゃがいもに泥が付いて、保存中に腐りやすくなってしまう。

そのため天気が良くて土が乾いている日に収穫するのが良い。

じゃがいもが梅雨に育てられず、春先に収穫した方が良い理由はここにある。

一般的に完熟したじゃがいもの方が保存性は高いが、今収穫しないといけない。明日から再び雨が続く予報だ。

名無しの凡人　最近
おっ、じゃがいもができたか！
それにしても今回は二週間ぶりぐらいか？

孤高の侍　最近
たくさん雨が降ってくる前に収穫するのでごさるな。

桃色筋肉　最近
芋男がゴロゴロ出てくるのね。

貴腐人様　最近
あなたが言うと変な言葉に聞こえてくるわ。
私は芋男よりスラっとしたパパ派よ。

鉄壁の聖女　最近
ダンジョンから芋掘りを見ています。

ハタケノカカシ　最近
カカシの出番はありますか？

犬も歩けば電信柱に当たる　最近
電信柱の出番もありますか？

そして動画配信を今日から再開することにした。

相変わらず生配信するとすぐに視聴者が集まってきた。

「じゃあ、ドリはここから掘ってね！」

「あいあいさー！」

どこで覚えたかわからない返事をして、スコップを掲げる。

じゃがいもを傷つけないように株元から少し離れた位置にスコップを入れる。

そこからは手でドリが土を掘り上げながら、俺が茎を少しずつ持ち上げていく。

「いもいも！」

茎の先にはじゃがいもがたくさん実っていた。

どれも一つ一つが大きく、思ったよりも成長していた。

新じゃがでここまで大きいサイズは見たことがない。

軽く俺の手のひらサイズはあるだろう。

桃色筋肉　最近
やっぱり大きい方が良いわね。

貴腐人様　最近
だからあなたが言うと変な言葉に聞こえてくるのよ。
私は大きいのより小ぶりなじゃがいも派よ。

鉄壁の聖女　最近
ダンジョンも掘れば何か出てくるかな？

名無しの凡人　最近
そろそろ誰かツッコミを入れた方が良いんじゃないか？

ハタケノカカシ　最近
凡人って本当に名前がないのか？

名無しの凡人　最近
俺に突っ込んでどうする！

貴腐人様　最近
ここに新たなカップリングの誕生ね。

その頃たくさんのコメントが怒涛のように流れていたが、収穫作業をしている俺達が見ることはない。

「じぃじがいる！」

「なになにわしが――」

「しわしわあるよ」

土の中から残っている芋を掘り出すと、シワシワになった種芋が出てきた。

基本的には植え付けた種芋の上にできるため、養分が吸い取られた種芋はシワシワになっている。

それをドリは祖父と思ったのだろう。

種芋があればそれ以上掘っても芋が出てこないという証拠だ。

「わしは種芋なのか……」

ドリに種芋と同じだと言われて祖父は少し悲しそうにしていた。

まだじゃがいもはたくさんあるため、祖父を放置して次々とじゃがいもを掘っていく。

「このサイズなら種芋になるかな？」

その中でも小さいじゃがいもを持っていくと祖父はまだ落ち込んでいた。

「ドリ！　こっちにきて！」

「はーい」

ここは可愛いドリの出番だ。

「ドリはかっこいいじいじが好きだよね？」

「うん！」

その言葉を聞いて祖父の耳がピクピクと動いている気がした。

「あとは？」

「おもちろい」

「ほうわしが面白い――」

「きゃお！」

「ぬっ⁉」

面白い顔が好きだと言われて難しい顔をしていた。

それでもさっきよりは立ち直ったようだ。

「種芋が病気になっていると、その種芋からできる芋も病気になるぞ」

まさか俺の独り言を聞いているとは思わなかった。

「ってことはもし病気じゃなければ問題ないってこと？」

「ああ。あとは種苗法で自家増殖禁止されていないやつなら大丈夫だな」

野菜や果物、きのこ、穀物、花など全ての農作物の種や苗には種苗法という法律が定められている。

自家消費を目的とした栽培や、新品種開発あるいは研究のために行うのは対象外だが、生産者である俺達が種芋を作って販売するには法律違反になることがある。

ただ今回使った種芋は特に問題はない種類のはずだ。

「むしろこれが新種のじゃがいもになるかもしれないのか」

魔力があるじゃがいもが、今後はその法律に引っ掛かる商品になるかもしれない。

今手にあるじゃがいもは、今後のじゃがいも業界を変えるかもしれないのか。

腐りにくく、早く出来るじゃがいもは食料が確保できない貧しい国の支えになるだろう。

「パパー？」

「おいおい、直樹どうしたー？」

祖父に呼ばれて俺は現実世界に戻ってきた。

どうやら妄想して夢を見ていたようだ。

じゃがいもの収穫を終えると、一生懸命ドリがじゃがいもを運んでいた。

雑草抜きの時にも思ったが、畑作業をする時のドリは動きが尋常じゃないぐらい速い。

これが魔物の力なんだろうか。

「熱中症にならないようにドリは少し休憩しておいで」

「ねっ……ちゅーちょー」

「熱中症だよ？」

「ちゅーちょー」

どこかキスをねだっているように見えてしまう。

ドリは新しい言葉を覚えて嬉しいのか、日陰にウキウキしながら向かっていく。

ここに来る前にもたくさんの日焼け止めを塗ってきた。

長いこと太陽に照らされると、チョーカーが日焼け痕にならないかと心配になる。

じゃがいもは畑でそのまま二時間程度乾燥させて、雨の当たらない倉庫で陰干しして完成だ。

もちろん新じゃがだからすぐに食べても問題はないが、時間をおいて熟成させても美味しい。

じゃがいもを大きさによって分けていく。

大きいじゃがいもは完熟していると想定して、そのまま完熟したじゃがいもとして扱う。

小ぶりなのは種芋、真ん中のやつは新じゃがとして食べることにした。

「ちゅーちょー、ちゅーちょー」

スマホの前でドリはずっと視聴者に熱中症の発音を披露していた。

また変な言葉を教えてしまったと後悔しながらも、じゃがいもを仕分ける作業を続けることにした。

二時間乾燥させている間に昼休憩にして、早速収穫したじゃがいもを使って料理をする。

梅雨前に育てたじゃがいもは二週間程度で収穫できたため、思ったよりも梅雨ギリギリに植えても問題ないようだ。

むしろ夏植えで長い間土の中で育てたらどうなるか今後の楽しみも増えた。

「今日は我が家で大人気のポテトチップスを作ります！」

「ぽてちぷ？」

そういえばドリにポテトチップスを食べさせたことはなかった。

お菓子も滅多に買ってくることがないため今度買い物に連れて行ったら、お菓子コーナーに寄っても良いかもしれない。

「我が家ではおやつにポテトチップスやさつまいもチップスをよく食べていました。今日はさっき収穫したばかりのじゃがいもを使います」

未婚の母　最近
しっかり見せてもらうと改めて大きいのを実感するわ。
長男が生まれた時と同じサイズだわ。

畑の日記大好きさん　最近
大きいですね！
絶対ポテトチップスも美味しいだろうね。

オサレシェフ　最近
ポテトチップスって懐かしいな。

未婚の母　最近
あっ、私ったら子なし未婚だったわ。
みんながコメント打つのが速すぎて、ツッコミする前に流れていくわ。

どうやらみんなもポテトチップスが好きなようだ。

「って言っても作るのは、ばあちゃんなんだけどね」

「皆さんお久しぶりです。ばあちゃんです」

独特な挨拶に視聴者からは笑っているコメントが返ってきた。

畑作業が多いから祖父はよく登場するが、料理を作る時にしか祖母は登場しない。

「まずはじゃがいもをスライサーでスライスしていきます」

「ドリも！」

スライサーは手を切る可能性もあるため、ドリに手伝ってもらうことはできない。ただ、ここで何もやらせないとずっと怒って拗ねるだろう。

「あっ、ドリはボウルが動かないように支えてね」

俺はボウルが動かないように布巾や座って足で止めたりしているが、ドリに支えてもらえば問題ないだろう。

手伝うことがみつかったからなのか、ドリは喜んでボウルを持った。ただ、力が強いため壊さないか心配だ。

水を張ったボウルに、じゃがいもをスライスしていく。

何個かスライスした後に一〇分程度水につけておいたら、今度は水気を切って一〇分表面を乾かす。

「あっ、ちょっと電話に出るね」

ちょうどじゃがいものスライスが終わったタイミングで電話がかかってきた。

相手は探索者ギルドからだった。

「電話が来たので配信を止めますね」

すぐに配信を止めて電話に出ることにした。


「直樹さんお久しぶりです！」

「えーっとこの間ぶりですね」

電話の声はいつも受付をしてくれる女性からだった。

探索者ギルドから直接電話がかかってくることは滅多にないため、何かあったのだろうか。

「直樹さんって一応テイマーでしたよね？」

「一応テイマーですね」

テイマーだが、魔力を持っていない特殊な一般人テイマーだ。

ドリと一緒にいるのも、ただ仲良くなって一緒にいるだけだ。

チョーカーも魔石の魔力を使っているが、俺に拘束するだけの力はない。

「ちょうどテイマーを探していたんです。今お時間よろしいですか？」

「大丈夫ですよ」

「東堂さん、今時間いいですか？　ちょうど良いテイマーが近場にいましたよ！」

遠くから聞こえる彼女の声は俺の耳にも聞こえていた。

きっとギルドマスターを呼んでいるのだろう。

「ちょっとギルドマスターに電話を代わりますね」

そう言って彼女はギルドマスターに電話を渡した。

「あっ、もしもし」

「ん？　その声は森田くんかな？」

電話越しからでもどことなく、距離感の近いチャラさが伝わってくる。

「あっ、そうか。森田くんもテイマーという扱いだったのか！　いやー、良いところにテイマーがいたよ」

どうやらギルドマスターも俺のことをテイマーとして認識していなかったようだ。

この感じだとギルドでテイマーを探していたのだろう。

「何かあったんですか？」

「この間の事件で捕まった大葉がテイムしていたミツメウルフは覚えているか？」

俺にかなり痛い甘噛みをしていたミツメウルフのことを言っているのだろうか。

最後はドリに怯えて立ち上がり、走って逃げた変わったやつがいたな。

「実は大葉が探索者の資格を失ったから、テイムした魔物をどうするか迷っていたんだよ」

基本的にテイマーが亡くなる時は、すでにテイムした魔物も死んでいることが多い。だが、今回みたいに犯罪で捕まった人はテイムした魔物を没収されてしまう。

その魔物達は今後どうなるのか。

それは殺処分される道しかなくなってしまうとギルドマスターは言っていた。

ドリがその道を辿らなくて、本当によかったと思ってしまう。

「テイマーって中々いないから助かったよ」

そもそも探索者にテイマーの数が少ないのと、テイムされた魔物はそのテイマーにしか懐かないと言われているのが問題らしい。

大葉がテイムしていたミツメウルフは一〇匹ほどいた。

魔物の中でも懐きやすいミツメウルフは、数匹はどうにかテイマーに引き取ってもらえた。ただ、その中で二匹だけは誰にも懐かないため、引き取り手がいないらしい。

殺処分をするかギルド側で迷っている段階で俺がテイマーだったことに気づいたということだ。

自分勝手な人間に育てられた魔物を、可哀想に思ってしまう。

パートナーとしてテイムするなら、最期まで面倒を見るのがテイマーとしての常識ではないのだろうか。

俺はドリを一生見捨てる気はない。

きっと命をかけてでもドリを守るだろう。

俺は準備が出来次第、一度ミツメウルフを家に連れてきてもらうように頼んだ。

俺に懐けばテイムが出来なくても、飼うことはできるかもしれない。

「じゃあ、また何かあれば連絡してください」

俺はそう告げて電話を切った。


電話を切ると配信を再開し、ポテトチップス作りを配信する。

電話をしている間に祖母がスライスしたじゃがいもの水気を取っていたので、後は油の中に入れて揚げたら完成だ。

「温度はどれぐらいが良いの？」

「大体一六〇℃ぐらいがいいかしらね。約二分ちょっとひっくり返しながら揚げたら完成かな」

祖父と違い、あらかじめ細かいところまで教えてくれる様子に、祖母らしさを感じる。

じゃがいもを入れた途端細かい泡がぷくぷくと出てくる。少しずつ揚がってくると泡が出なくなって、色がついたら取り出す。

揚がったじゃがいもの油をキッチンペーパーで拭き取ったら、後はドリの出番だ。

「袋に塩と揚げたじゃがいもを入れて……踊ります」

「おどりゅ？」

踊ったことのないドリに踊るって言ってもわからないのだろう。

ついにあれを見せる時が来たのか。

「踊りはこういうことを言うんだよ」

俺は袋に入ったポテトチップスを片手に上下に手を振りながら、足はステップを踏んでいく。

幼い時によく踊りながら、ポテトチップスに塩をつけていた。

それを見て祖父母が楽しそうに手拍子してくれたのが懐かしい。

それは今も変わらず、居間にいる祖父は手拍子をしていた。

「ドリもやりゅ！」

ドリも早速袋にポテトチップスと塩を入れて踊り出した。

なぜか俺がやるよりも軽やかで本当に踊っているような気がした。

そのまま跳び上がり、三回転回り着地した。

「おー、ドリは直樹と違ってスポーツ万能だな」

さらっと祖父も毒を吐いてくるが、運動ができない俺とドリは本当に正反対だ。

「そういえば配信しているけどいいのかね？」

「あっ……」

俺は電話の時に生配信を止めたのを覚えていたが、再開したのを忘れていた。

今のダンスとも言えないダンスが全世界の視聴者の目に入ってしまったのだ。

「皆さんお疲れ様でした！」

俺はあまりにも恥ずかしくなってしまい、その場ですぐに生配信を終えた。

その時のダンス動画がなぜか切り抜き動画として、視聴者の間で人気になるのはまた今度の話だ。

二.配信者、我が家に犬がやってきた

昼食を食べて畑作業に戻ると、困った顔をしたイーナカ探索者ギルドのギルドマスターがやって来た。

リードにはミツメウルフが繋がれており、寝転んだまま引きずられている。

額の瞳も開くことはなく、散歩を嫌がる犬にしか見えない。

「パパ、ワンワン!」

ドリは花畑で作業していたが、手を止めてミツメウルフに気づいたのか俺に近づいて来た。

初めて俺と会った時はミツメウルフに襲われていたが、特にトラウマにはなっていないようだ。

「お久しぶりです。こいつらが昨日言っていたミツメウルフですか?」

まだ俺達のことに気づいていないのか、そのまま引きずられている。

「ははは、こいつら本当に頑固なんですよね。抱きかかえたら、おもいっきり噛んできますよ」

すでにギルドマスターの顔には引っかき傷ができており、ここまで連れてくるのに大変だったことを物語っている。

「おーい、お前ら久しぶりだな」

俺が声をかけるとミツメウルフ達は顔をこっちに向けた。

『ハァ!?』

確実に驚いた声を出している。

一瞬にして立ち上がり逃げようとしていた。

こいつらは何かあるたびに、立ち上がる魔物なんだろうか。

「おい、こら逃げるなよ！」

そんなミツメウルフをギルドマスターが引き留めていた。

リードに引き戻されて、ミツメウルフの脂肪が首輪に乗っている。

本当に魔物なのかと思ってしまうほど可愛らしい姿に、ついついドリとニヤニヤしてしまう。

『クゥーン！』

ミツメウルフはチラチラと俺を見て助けを求めてきた。

「あっ、ひょっとしてドリが怖いのか？」

俺の言葉が理解できているのか必死に頷いていた。

魔物ってこんなに頭が良いやつが多いのか、それともこのミツメウルフだけが特別なんだろうか。

「ドリはばあちゃんのところに行って、お客さんが来たことを伝えてもらってもいいか？」

「ワンワン……」

ドリはミツメウルフと遊びたかったのだろう。

子どもって動物が大好きだからな。

ドリが家に戻って行くと、ミツメウルフは落ち着いたのかお座りしてこっちを見ていた。

「森田さんって本当にテイマーの素質があるんですね」

「俺ですか？」

どちらかと言えばミツメウルフには襲われた記憶しかない。ただ、目の前にいるミツメウルフは襲う気もないし、見た目がただの犬にしか見えないからだろう。

「お前ら、俺の家に棲むか？」

座ってミツメウルフを撫でようと手を出すと、隣にいたやつが大きく口を広げた。

「痛っ！」

どうやら俺はミツメウルフに嫌われているようだ。ただ、甘噛みなのはこいつらが優しいだけだろう。

ちょうど血が出ない程度で噛んでくる。

ミツメウルフに噛まれているが、狂犬病ウイルスとか持っていないのか気になるところだ。

犬の予防接種でいいのか後で聞いてみよう。

「おい、お前らそんなことだとダンジョンに捨てられるぞ！」

ギルドマスターがリードを強く引っ張ると、ミツメウルフはそっぽ向いていた。

懐かないって聞いていたのは本当のようだ。

俺とギルドマスターでは全く反応が違う。

「パパー！」

どうしようか迷っているとドリが走って戻ってきた。

やはりドリのことが怖いのか、すぐに姿勢を正して立ち上がったと思ったら、俺の後ろに隠れている。

この動き、さてはあの時に俺のお尻を噛んだミツメウルフじゃないか？

「よかったら少しだけ家に寄っていきませんか？　詳しい話も聞きたいですし」

「それなら、少しだけお邪魔します」

俺達はギルドマスターと共に家に向うことにした。

ミツメウルフもドリが後ろから追いかけたら、立ったまま走って家に逃げて行く。

あまりにも強く引っ張るから、ギルドマスターもリードを離してしまった。

しばらくはこの方法で移動するのが一番楽なのかもしれないな。


「ばあちゃんただいま！」

急いで家に戻ると玄関で祖母が待っていたようだ。

その周りをミツメウルフとドリがクルクルと追いかけっこをしている。

ドリは楽しそうだが、ミツメウルフは絶望的な顔をしていた。

「お客さんってギルドマスターのことね。直樹がいつもお世話になっております」

俺がドリを抱きかかえると、ミツメウルフもやっと足を止めた。

疲れたのか舌を出してハアハアと言っている。

「少しの間、話をするから居間を借りるね」

「わかったわ。その間、私がワンちゃんの面倒を見ているわね」

「いや、こいつら魔物――」

祖母を止めようと思った時には祖母はミツメウルフを撫でていた。

ミツメウルフも嬉しいのか、尻尾を振って祖母にスリスリと体を寄せていた。

今までの俺達とは全く違う反応にギルドマスターと共に驚いた。

さっきまでの様子を見るに、祖母もミツメウルフに噛まれるのかと思っていた。

「そういえば、あなた妊娠しているわね？　隣の子がお父さんかしら？」

「えっ？」

俺達は噛みつかないミツメウルフの方を見たら、少しだけお腹が出ているような気がした。

ひょっとしたら、奥さんと子どもを守るためにお父さんミツメウルフは怒っていたのだろうか。

祖母がすぐに毛布を用意するとそこに母ミツメウルフは座っていた。

「俺よりばあちゃんの方がテイマー向きかもしれないですね」

「ははは、そうなりますね」

俺よりも祖母にミツメウルフのことについて相談した方が良い気がしてきた。

安心して玄関で寝ているため、俺達は居間に向かった。


座布団に座るとテーブルにはお茶とポテトチップスが置いてあった。

いつも友達が遊びに来ると、祖母はポテトチップスを用意していた。

今回も友達が来たと思ったのだろう。

「祖母が作ったやつですが、よかったら食べてください」

ギルドマスターはポテトチップスを一つ手に取ると口に入れる。

「うんまっ……」

心から出た声だろう。

黙々とギルドマスターはポテトチップスを食べていた。

手の動きが速すぎて、彼も探索者だったことを改めて思い出した。

「パパ……」

そんな中ドリは俺の服を引っ張っていた。

さっきおやつで食べようと約束したのに、先にギルドマスターが食べているから困惑しているのだろう。

「今からおやつにしようか」

冷蔵庫から麦茶を取り出し、コップに注いでいく。

すでにドリはポテトチップスを持って待機していた。

一緒に食べたかったのだろう。

今日収穫したばかりのじゃがいもだから材料はいくらでもある。

その様子を見ていた祖母も、再び台所でポテトチップスを作り出した。

「すまない。ついつい手が止まらなくなってしまって」

「いえいえ、ばあちゃんのポテトチップスってお店で買うよりも美味しいからね」

「ふふふ、作った甲斐があったわね」

そう言いながらもどんどんポテトチップスを揚げてテーブルに置いていく。

相変わらず祖母の料理を作る時の手早さには驚きだ。

俺も一つ手に取り食べてみる。

まず持った段階ですごい軽く、良い香りが鼻を突き抜ける。

口に入れた瞬間、サクサクと絶妙な食感が口に広がっていく。

パリっとした音とともに香ばしいじゃがいもの風味が舌の上で踊り、一緒に踊りそうになる。

さすがにあんなことがあったばかりで踊ることはないが……。

「えっ……なんだこれ」

本当に俺の作ったじゃがいもなんだろうか。

今まで食べていたポテトチップスとは別物だと思うほどだ。

油で揚げているはずなのに、後味はさっぱりとしていて、飽きが来ずに何度でも手が伸びてしまう。

一度食べ始めると止まらなくなる危険性があるほど美味しい。

昔食べたポテトチップスとは比べ物にならなかった。

「ぽちぇと！」

ドリもすぐに無くなったのか、お皿を持って祖母のところへ取りに行った。

「森田さんのお婆さんって何者なんですか？」

「いやー、普通のばあちゃんのはずなんだけどね」

ミツメウルフの気持ちも読めて、美味しい料理を簡単に作ってしまう。

花を渡せばすぐに花束を作ってしまうスーパーばあちゃんだ。

この世にチートという人が存在するなら祖母のことを言うのだろう。

『クゥーン！』

そんな俺達をみてミツメウルフが寄ってきた。

ポテトチップスが食べたいのだろうか。

犬に食べさせてもいいのかと疑問に思ったが、魔物だったことを思い出した。

同じ魔物でもあるドリが食べているから問題はないだろう。

一度俺はミツメウルフにも食べさせてみることにした。

「食べるか？」

俺は食べやすいようにお皿を目の前に出すと、器用に二本足で立ってそのまま皿ごと手で持ってどこかに行ってしまった。

隠れて食べるのかと思ったが、妊娠している母ミツメウルフの前にポテトチップスを置いていた。

さすがに妊娠しているミツメウルフが食べても良いのかと思ったが、匂いを嗅いでから口に入れた。

『ワオーン！』

あまりにも美味しかったのか、立ち上がり遠吠えをしている。

夫婦揃って立ち上がる変わったミツメウルフだ。

俺の存在に気づき、こっちを向いた目はキラキラと光っていた。

「もっと食べるか？」

俺の問いに二匹して勢いよく頷いていた。

祖母からポテトチップスを受け取ると、母犬ばかり食べていた。

よっぽど子どもへの栄養が足りてなかったのだろうか。

ギルドマスターに確認すると、きっと妊娠しているから魔力を求めているのだと言っていた。

そもそもミツメウルフの繁殖自体が珍しいため、何が起こっているのかギルドマスターもわからないらしい。

それだけ魔物の生態は謎に包まれている。

魔力がある可能性が高いじゃがいもを使用しているため、このポテトチップスにも魔力が込められているかもしれない。

「お前の分もあるから食べていいぞ」

もう一つお皿を用意すると、皿と俺を交互に見ていた。

自分が食べるか迷っているのだろう。

「早く食べないとドリに取られるぞ？」

『バァ⁉』

その言葉を聞いたミツメウルフはガツガツと食べていた。

もう一度言うが食べているのは肉ではなくてポテトチップスだ。

魔力がある肉が存在していたら、もっと違う反応をしていたのかもしれない。

しばらくポテトチップスを与え続けていると、お腹がいっぱいになったのか二匹とも毛布の上に丸まって寝ていた。

どこから見ても犬にしか見えないミツメウルフに俺の意思は固まった。

「我が家でこの二匹を預かってもいいですか？　魔力に関しては魔石でどうにかします」

魔石を使うことで一度ぐらいは言うことを聞かすことはできるだろう。

だが、そんなことがないようにはしたい。

きっとその時はこの子らを首輪の力で絞め殺す時になる。

「森田さんがその気ならこちらは助かります」

特別仕様のチョーカーは後日郵送してくれることになった。

さすがに高いチョーカーはすぐには買えないため、用意ができないことを伝えると、野菜を卸したところから少しずつ返してもらえれば良いと言っていた。

こうして、我が家で番犬のミツメウルフを飼うことになった。


「おっ、次は犬っころも飼うのか」

畑で作業を終えた祖父が帰ってきた。

最近は祖父も畑作業を手伝うようになった。

玄関にいるミツメウルフを見て、すでに撫でまわして可愛がっている。

安全な場所が確保できたからなのか、彼らも嫌な顔をせずに尻尾を振って喜んでいる。

どこから見てもただの犬にしかみえない。

もはやこれからは犬という認識の方が良いだろう。

そんなミツメウルフについて、祖父母に説明することにした。

「あー、実はあいつら魔物なんだ」

「そうなのか？」

「ドリちゃんのお友達ってことね」

この二人は魔物に対して、何も思わないのだろうか。

「わしは昔から犬が好きだから、飼ってみたかったんだ」

どうやら祖父は犬好きらしい。

離れてはいるが隣に小嶋養鶏場があるため、鶏にもストレスを与えないために飼わないようにしていた。

吠えて鶏に悪影響を与えてもいけないし、鶏の鳴き声に犬もびっくりして吠えるかもしれない。

同じ生産者として気にしていたのだろう。

そんなことも考えずに引き取ることにしてしまった。

一度おじさんに相談してみないと。

「それではこの子達をお願いします」

ギルドマスターが帰り際にミツメウルフを撫でようとしたら手を噛まれていた。

もちろん俺も相変わらず甘噛みされるのは変わらなかった。

しばらくすると聖奈もダンジョンから帰ってきた。

「あれ？　ミツメウルフがいますね」

玄関にいるミツメウルフを見ても、Sランク探索者は何も思わないのだろう。

むしろただの犬のように接している。

「あの時のミツメウルフを今日から家で飼うことになりました」

「ここには優しい人がたくさんいるからよかったね」

聖奈はミツメウルフを撫でようとしたら拒否されていた。

やはりミツメウルフは自然と強い人をわかっているのだろうか。

それならギルドマスターは俺と同じで弱いのかと思ったが、それはないか。

きっと彼は単純に嫌われているのだろう。

そうなると俺も嫌われているのか？

「ここに来なかったら君達は魔石になっていたかもしれないね」

テイムされた魔物もペットと同じ扱いになる。

引き取り手がいないと殺処分されるらしい。

聖奈から聞いた話はテイムされた魔物の悲しい現状だった。

魔物は犬や猫よりも簡単に殺処分されるのが今の現実らしい。

人を襲うからって理由よりも彼らの体にある魔石の存在が大きかった。

魔物は一般的に、体内に魔石を持っている。

使い勝手が良い魔石を採り出せるため、引き取り手がいないのなら処分すれば良いってことらしい。

魔石を採り出すためだけに繁殖させようって言われていたぐらいだ。一時期、他の国では繁殖行為が行われていた。

それでも一般の犬や猫よりも繁殖するのが難しく、膨大なお金がかかるため諦めたらしい。

そもそも、魔石を採り出すためだけに魔物を育てるというのも、倫理的な観点からどうかと思ってしまう。

エネルギー供給のために生み出される魔物達。

人間が牛や豚を食用のために肥育するのと変わらないのかもしれないが……。

同じく魔物であるドリを、魔石のために差し出すことは、俺には絶対にできない。

「パパ？」

そんな俺を見てドリは抱きついてきた。

前は俺からハグをしていたのに、最近はドリからもするようになってきた。

「ありがとう」

頭を撫でるとドリも嬉しそうにしていた。

――カシャ！

何か音が聞こえたと思ったら、聖奈はスマホで写真を撮っていた。

「推し活最高です」

そう言って聖奈はニヤニヤしながら部屋に戻っていく。


食事を終えた俺はドリと共に玄関で動画配信をすることにした。

配信開始のボタンを押すと二階からは大きな物音が聞こえてきた。

きっと聖奈が二階で生配信を見ているのだろう。

一度撮影風景を見ていたはずなのに、さっき誘ったら推し活は画面越しが一番良いと断られた。

やはり探索者は俺達とは違う感覚を持っている気がする。

「実は今日から家で犬を飼うことにしました」

スマホを向けるとミツメウルフ達は立ち上がって手を振っている。

犬と言って紹介したが、特にミツメウルフも気にしてはいないようだ。

あの事件の時に俺を噛んだミツメウルフと言いにくかった。

それでも視聴者はすぐに気づいていた。

名無しの凡人　最近
あの時の犬だな。

孤高の侍　最近
少し変わった犬だな。

貴腐人様　最近
飼い主が犬と言ったら犬ですもんね。

どうやら俺が犬と言ったら犬という認識になるらしい。

どこから見てもこいつらは犬にしか見えないだろう。

今も父ミツメウルフが、寝ながらお尻をポリポリと掻いている。

「それでこの子達に名前をつけようと思って配信することにしました」

母ミツメウルフは直角九〇度のお辞儀をしていた。

どこでそんなお辞儀を覚えたのだろう。

そして父ミツメウルフも怒られて、頭をペコペコと下げている。

子どもが産まれたら、かかあ天下の家族になるのが目に見えていた。

「おすわり！」

流石に妊娠しているのに、そんなことはさせられないと思いすぐに座らせた。

それに反応してミツメウルフはすぐに座った。

本当に我が家の犬はだんだんと聞き分けが良くなってきた。

「ドリはどんな名前が良い？」

早速名前の候補をドリに聞いてみる。

「タマ！」

返ってきた言葉は明らかに犬につけるような名前ではなかった。

「流石にそれは猫の方がいいかな？」

「んー、ヌコ！」

「それも猫っぽいかな？」

出てくる名前はどれも猫につけるような名前ばかりだった。

他にもミケやジジとか、ドリはひょっとして猫を飼いたかったのだろうか。

もう少しココアとかモカとか似合うかは別問題として可愛い名前はたくさんある。

「犬っぽい名前がいいかな」

「ぽて！」

ポチっぽい名前だがどこからきているのだろうか。

「ポテ？」

「ちぷ！」

「ちぷ？」

ひょっとしたら昼に食べた〝ポテトチップス〟のことを言っているのだろうか。

「ポテトとチップス？」

俺の言葉にドリは大きく頷いた。

たしかに美味しそうにポテトチップスを食べていたし、ドリが簡単に呼べる名前なら問題はない。

隣で聞いていたミツメウルフもタマやヌコの時よりは反応は良さそうだ。

「じゃあ、ポテトとチップスにします！」

「ぽてちぷ！」

父ミツメウルフをポテト、母ミツメウルフをチップスにした。

どうやら好きな食べ物と同じ名前になって喜んでいるようだ。

鉄壁の聖女　最近
私がダンジョンで猫を捕まえてこようか？
盾で押し込んで殴れば言うこと聞いてくれるよ。

名無しの凡人　最近
それってタイガー種の魔物じゃないのか？

孤高の侍　最近
Bランクの魔物をペットとして飼うのは流石にね……。

貴腐人様　最近
そもそもパパはネコだよね？
桃色筋肉　最近
私の出番かしら？
ハタケノカカシ　最近
パパさん逃げて！
お尻が危ない！
オサレシェフ　最近
相変わらずここのコメントは荒れてるな……。
きっとハタケノカカシさんはミツメウルフにお尻を噛まれないように注意してくれたのだろう。
しばらくは慣れるまでポテトにお尻を向けないことを改めて心に刻んだ。

三．配信者、おじさんに会いに行く

「最近おじさんって来た？」

「多分繁忙期だったりするんじゃないか」

ポテト達を飼い始めてから一度も養鶏場のおじさんが遊びに来ていない。

定期的におじさんは卵を家に持ってきては、イタズラをして帰っていく。

ドリが来てからもそれは変わらず、この間はエッチな本を俺のベッドの上に置いていた。

先に部屋に入ったから問題はなかったが、ドリに見つかったら、ずっと変な目で見られていただろう。

「ばあちゃん、卵はまだある？」

冷蔵庫を確認している祖母は首を横に振っていた。

「ついでに貰ってきてもらえると助かるわ」

「ポテトを連れて行ってくるよ」

今日はポテトを連れて、犬を飼った報告をするつもりだ。

家に来たタイミングで伝えようと思ったが、中々来なかった。

養鶏場って〝オールイン・オールアウト〟方式でやっていることが多い。

役目を終えた採卵鶏は出荷される。

鶏を一斉に出荷して鶏舎の清掃と消毒をして、一定期間空けてから新しい雛を迎え入れることで、衛生的な環境を保っている。

このタイミングで大体繁忙期になるため、家に来ることが減ってしまう。

俺は倉庫に野菜を取りに行って養鶏場に向かった。

「おじさーん！」

養鶏場に着いたらおじさんに声をかけるが、全く反応がない。

何かあったのかと思い、急いで中に入ると卵の仕分け作業をしていた。

「そんなに急いでどうしたんだ？」

「いや、最近おじさんが来ていないから――」

「ははは、さては俺が来ていないから寂しかったのか？」

おじさんはニヤニヤしながら俺を見ていた。

さすがにこの歳で隣の家に住むおじさんに会えなくて寂しいと言ったら危ないやつ認定されるだろう。

田舎に一人で住んでいるから少し心配になったが、元気なら問題はない。

「卵が無くなるから取りに来たんだよ」

すぐに否定すると寂しそうな顔でこっちを見ていた。

きっと寂しいのはおじさんの方だろう。

今も一人で養鶏場の仕事をしている。

おじさんにも子どもが一人いる。

俺と幼馴染で、おじさんは俺の父親のように接してくれていた。

その時と比べるとだいぶ静かになった気がする。

「犬を飼うことになったけど、鶏に悪影響ってあるかな？」

ポテトを紹介しようと振り返ったら、背後で鶏と話しているポテトがいた。

一瞬食べるのかと思ったが、何か伝わるものがあるのだろう。

俺の視線に気づいたポテトは急いで立ち上がって、二本足で走ってきた。

「こいつって本当に犬か？」

やはり思うところはそこだろう。

二本足で走る犬はあまり存在しないからな。

「実はドリと同じ魔物なんだわ」

ドリが魔物だということはおじさんに伝えている。

それでもおじさんは興味ないのか、ただ頷いていた。

「それなら二本足で走るかもな。うちの鶏も少しおかしいからな」

「あー、たしかにここにいる鶏っておかしいぐらい美味しいもんね。卵も結構高級だよね？」

「ははは、さすがは俺のもう一人の息子だ」

小嶋養鶏場の鶏はこの業界でも有名な方だ。

飼育方法を聞きにくる人達はたくさんいるが、同じような品質を確保できないらしい。

「そういえばお前達がイタズラして蛇を鶏小屋に投げ入れた時はびっくりしたな」

「あれ？　そんなことあったっけ？」

小さい時にイタズラをたくさんしているためか、なぜか俺の幼い頃の記憶って思ったよりも残っていない。

「鶏達が蛇を食べたって泣き叫んでて、あの時は笑ったなー」

「鶏が蛇を食べる……？」

鶏が蛇を食べていたらあまりの衝撃で覚えているはずだが、考えても俺の中の記憶にはない。

きっと衝撃的すぎて忘れたのだろう。ただ、イタズラしておじさんに鶏小屋の掃除をさせられたのはよく覚えている。

「あっ、野菜を持ってきたから食べてね」

俺は邪魔にならないように、野菜を置いていく。

鶏達も野菜を食べたいのか、興味津々で見ていた。

「じゃがいもは家にたくさんあるから置いていけよ」

ポテトは名残惜しそうにじゃがいもをカゴに戻していた。

じゃがいもに愛があるなら、夏になったらポテト用にじゃがいも畑を作ってあげても良さそうだ。

喜んでじゃがいも畑の周りを走る姿が想像できる。

「直樹もいつのまにか立派な生産者だな」

同じ生産者に言われると俺も嬉しくなる。

まだまだ駆け出し生産者だけど、やっと固定の買い手もでき商売は軌道に乗り出したところだ。

「じゃあ、俺達は帰るね」

『ワン！』

しばらく鶏を眺めた後、作業をしていたおじさんに声をかけて帰ることにした。

「年をとっても直樹の記憶は曖昧か……」

『クェー！』

鶏小屋で静かに呟いたおじさんの声は俺には聞こえていなかった。


「ばあちゃんただいま！」

「おかえり！」

家に着くと夕飯の良い香りでいっぱいになっていた。

ポテトとチップスもお腹が減ったのか、すぐに座布団に座って夕飯が出てくるのを待っていた。

あれから玄関ではなく、座布団に座ってご飯を食べることが増えた。

田舎に住む人達に共通するのか、テーブルや座布団はいくらでもあるため、人数が増えても問題ない。

「まだ時間がかかるからドリちゃんは先にお風呂に入ってきなさい。聖奈さんも一緒に入っておいで！」

「いやいや、私が推しとお風呂なんて」

聖奈はドリと一緒にお風呂に入ると言われてオドオドしていた。

わかりやすい反応に祖父母も笑っている。

聖奈が来てから、祖父母は彼女のことを娘みたいに思っているのだろう。

時折今みたいにイタズラしていた。

「ネーネ、いや？」

「うっ……」

そんな聖奈を追撃するドリ。

あの顔で言われたら逆らえないだろうな。

「ドリをお願いしますね」

「はははは い！　推しとお風呂なんて……」

聖奈はどこかあたふたとしていたが、ドリに引っ張られてお風呂に向かって行く。

彼女が来てからドリも楽しいのだろう。

「なら、直樹はわしと風呂だな」

まさかこの歳になって祖父とお風呂に入るとは思わなかった。

実家に帰ってきたばかりの時は脱衣所から、ちゃんとお風呂に入れているか見守っていたが、いつの間にかそんなことをしなくて済むようになった。

『ワン！』

ポテトもお風呂に入りたいのか服を引っ張っている。

流石に犬も人間と一緒の温度に入れても良いのかと疑問だ。

「今度調べたら一緒に入ろうか」

『クゥーン』

ポテトは寂しそうにチップスと共に玄関に戻っていった。

相当一緒にお風呂に入りたかったのだろう。

聖奈達が出た後に俺達も風呂に入る。

「明日は探索者ギルドに行くんだったな」

「そうそう。だから明日は、畑作業はお休みかな」

「それならわしがやっておくぞ？」

少しずつ祖父の認知症が良くなってきたのか、一人でも畑の作業をするようになった。

ドリが来てから刺激が増えた影響なのか、それとも魔力が含まれた野菜が影響しているのかはわからない。ただ、前みたいにふらふらと娘を捜すことも減った。

それが俺達にとっては幸いだった。

夜中に家を飛び出して帰ってこない時は、どこかで倒れているんじゃないかと心配になるほどだ。

ＧＰＳを持たせてみたが、こんな田舎で反応するわけもなく、山間部に行くとズレて表示されてしまう。

認知症の徘徊って思ったよりも家族の負担と不安が強いことを知った。

「そういえばダンジョンが最高難易度だったらしいな」

「そう。俺達引っ越した方が良いのかな？」

「んー、わしは何があってもずっとここにいるぞ」

「そうか」

きっとどこかで探索者である娘が帰ってくるという淡い期待があるのだろうか。

両親は亡くなったと聞いているが、実際には亡骸は帰ってきていない。

ダンジョンで亡くなった者はすぐにダンジョンから出さないと吸収される。ただ、装備品はその場で残ると言われている。

遺体は吸収された可能性があるが、両親の遺品すら届いていないのが現状だ。

みんなが諦めても、家族である俺達は、生きているかもしれないという希望を抱いて、ゆっくりと待つのも良いだろう。

俺達は体を洗い終えると風呂から出た。

「パパ！」

扉の前でドリがパジャマを着て待機していた。

まだ乾いていないのか、ドリの髪もまだ濡れている。

「今日も拭いてくれるのか？」

「うん！」

パンツを穿くと、床に座って頭を突き出す。

「ゴシゴシ！」

最近ドリは俺の髪の毛をタオルで拭くのにハマっているようだ。

ゴシゴシと口ずさみながらタオルで乾かしていくが、正直ガシガシと力強く拭くため痛い。

本人は満足そうにやっているから、注意するのは可哀想だと思い言わずにそのままだ。

「ドリ、わしの髪の毛も――」

「じいじない！」

「くっ」

髪の毛が少ない祖父はドリに拒否されていた。

少し可哀想に思うがこれは俺だけの特権だ。

「じゃあ、今度はドリの番だね」

ドライヤーを取り出してドリの髪の毛を乾かしていく。

花の髪飾りは取ることができないため、隙間も優しく温風を当てる。

緑がかった黒髪でサラサラした髪は今日も手櫛で十分なようだ。

「よし、ご飯を食べようか！」

「マンマ！」

着替え終わった俺達は夕食を食べることにした。

「お嬢さんそんなところでどうしたんだ？」

「いえ、推しの日常を見て気絶しそうになっていました」

「ははは、君も変わった子だのう」

どこにいたのかわからないが、後から聖奈と祖父もやって来た。

「今日もお疲れ様でした」

祖母の声で俺達は手を合わせていく。

「いただきます！」

今日も一日お疲れ様でした。

明日は聖奈とドリを乗せて、車で探索者ギルドに向かう予定だ。

近場にないのが不便だが、久しぶりのお出かけにドリはウキウキしていた。

四．配信者、ギルドに報告する

車を走らせて一時間半で探索者ギルドに着いた。

途中、小嶋養鶏場をチラッと見たがやはりおじさんは忙しそうに働いていた。

俺達が探索者ギルドに着くと、周囲の視線が一気に集まってきた。ただ、俺達ではなく後ろにいる聖奈に向いている。

普通に家で過ごしているが、彼女は探索者の中でもトップレベル。

我が家では変わり者の女性だが、探索者ギルドでは周りに与える影響は違うようだ。

「あっ、直樹さん！」

声をかけられて手を振ると、俺の前に突然何かが現れた。

「お客様を名前で呼ぶのは職員としてダメですよ。それとギルドマスターはいる？」

俺の前に出てきたのは聖奈だった。

遮るように聖奈は歩いていく。

どこか怒っている気もするが、遠くにいて何を話しているのか聞こえない。

「ギルドマスター！」

ちょうど良いタイミングで、入り口からギルドマスターとスーツを着た男性がゾロゾロと入って来た。

その中に見たことある顔をした人物もいた。

「事前に聖女から話は聞いています。今日は市長を呼んできました」

そんな簡単に市長を呼んでこれるものだろうか。

ここの市長もフットワークが軽すぎて驚きだ。

突然市長の登場で俺の方が、頭が追いついていない。

「この子がドリちゃんですか？」

市長は屈んでドリに挨拶をしていた。

「こんちゃ！」

ドリは敬礼して挨拶をしている。

あまりスーツを見たことがないため、お偉いさんだと判断したのだろう。

我が子は今日も良い子に育っている。

しっかりと挨拶をするドリに市長の鼻の下が伸びていた。

どうやらまたファンを増やしたようだ。

「別室に来てもらってもいいですか？」

俺達はギルドマスターに案内されて、別に用意されている部屋に行くことになった。

そんなに大事な話をするのだろうか。

今日は家の近くにできたダンジョンの報告にきたはず。

聖奈から事前に話を聞いているなら、特に俺からも話すことはない。

俺の隣に聖奈が座り、反対側にはギルドマスターと市長が座った。

ちなみにドリは俺の膝の上だ。

相手の方を向かず、俺に抱きつく形で座っている。

「今回市長に来てもらったのはあるお願いがあったからです」

ダンジョンの話をするのかと思ったが、どうやら違うらしい。

探索者になったばかりでダンジョンの基本も知らない俺に話すことはないか。

少し緊張していたが、肩の力がスーッと抜けていく。

「えーっと、森田さんでしたよね。単刀直入に言います。これからダンジョン管理をする気はないかな？」

俺に対しての唐突な爆弾発言に俺は首を傾げる。

ダンジョン管理というのは、あの最高難易度のダンジョンを俺が管理するってことだろうか。

戦う力がない俺に管理できるはずがない。

「流石にそれは――」

「ああ、管理するのは私達のように国に所属する者達だ。君にやってもらいたいのは、正確に言ったらダンジョン周囲の管理だね」

「ダンジョン周囲の管理ですか？」

ダンジョン周囲の管理と言われても、特に何をすれば良いのかわからない。

そもそもダンジョンや探索者と関わるようになったのは実家に戻って来てからだ。

ダンジョン自体、他がどんな感じになっているのかもわからない。

「今後この市……いや、君の住む町はダンジョンで有名になると思います」

「えっ？」

「イーナカ探索者ギルドとは違うギルドを造ることが決まりました」

ギルドマスターから紙を受け取ると、そこには〝ダンジョン発展計画〟と書いてあった。

「ダンジョンやギルドがあるところには探索者が多く集まります。しかも、最高難易度となれば、それだけ探索者以外にメディアや様々な商業が食いついてきます」

ここまで聞いてなんとなくダンジョン周囲の管理が、何を指しているのかわかった。

「つまりダンジョン周囲にできる様々な商業施設をまとめてほしいということですか？」

「その通り！」

市長は嬉しそうに笑っていた。

このイーナカ探索者ギルドも違う市にできている。

ダンジョンも県に一つあれば良い方だが、この県には二つできたことになる。

しかし、イーナカ探索者ギルドがあるダンジョンは下位から中位程度のレベルらしいが、新しくできたのは最高難易度のダンジョン。となれば、県や市はさらに活性化する。

だから市長はずっとニヤニヤしていたのだろう。

「それで管理はおまかせしてよろしいですか？」

「いやー、俺には――」

「そこをなんとかお願いします。宣伝活動に畑の日記ちゃんねるの動画配信が必要なんです」

この人達は俺達を客寄せパンダとして使いたいのだろう。

ドリを見せ物にするならお断りするつもりだ。

「それに――」

「んん！　市長は少し静かにしてください」

ギルドマスターは咳払いをして市長が話すのを遮った。

「ここに探索者が増えれば、町の安全は約束されるんです」

ギルドマスターからの提案に俺は戸惑う。

聖奈のような高ランクの探索者が増えることで、スタンピードを防ぐことができる。

ギルドマスターが俺に管理を任せようと思った一番の理由はそこにあった。

都市ができたとしても最高難易度のダンジョンであれば、命懸けのため時間が経つほど人が集まる可能性が低くなる。

一度ダンジョンに挑戦しても、元の活動している場所に帰ってしまうからだ。

それだけ都市の発展だけではない何か魅力が必要になる。

その中に畑の日記ちゃんねるが選択肢にあるらしい。

魔物が溢れてしまったらここに一生住むことができなくなるのは俺達だ。

それだけでドリや祖父母を守れるなら、この仕事を引き受けた方が良い気がしてきた。

「かんり……ニンニン？」

ドリはニンジンと管理人を間違えているような気がする。

手で一生懸命ニンジンのジェスチャーをしていた。

「みんなをまとめるお仕事だよ」

「おー、パパかっこいい！」

そこまで言われたら断る理由はない。

ドリにかっこいい姿を見せたいからな。

それに近くに町ができれば祖父母にとっても、良い刺激になるだろう。

「わかりました。引き受けます」

俺の言葉にギルドマスターと市長は抱きついて喜んでいた。

それだけ管理人を引き受けてもらうあてがなかったのだろうか。

「まずは最高難易度のダンジョンができたと国に報告して企業を募ります。その中でこの地域に合う企業を選ぶので確認してもらってもよろしいですか？」

企業を募った後に、その参加企業に説明会を行うらしい。

その時に一緒に説明会に参加して見極めてほしいらしい。

簡単に言ったら住んでいる人が森田家と小嶋家しかいないため、近隣問題や反対意見および希望をまとめて相談役になってほしいと。

俺としては普段と変わらない生活ができるのであれば特に問題はない。

「あとは土地についてですが、後でデータを送るので連絡先を教えてもらえますか？」

ダンジョン周囲の土地は国が保有しているか、小嶋家か森田家が管理していると聞いている。

一度小嶋養鶏場に行って、詳しい話をした方が良いだろう。

話を終えた俺達は市長に連絡先を教えて小嶋養鶏場に向かうことにした。

小嶋養鶏場に向かう時に、聖奈から他のダンジョン周囲がどうなっているのか確認する。

「昔は東京が大都市と言われていましたが、今はどこが大都市かわかりますか？」

日本の都市と言えば東京になる。

確認するってことは東京以外の可能性も考えられた。

「今じゃ、ダンジョンのある地域が大都市って言われてますよね？」

「そうなんですよね。歴史的には都市は東京都と言われてますが、今はダンジョンがたくさんある県や最高難易度のダンジョンがある県が大都市とも言われるようになってきました」

「都市が多すぎて大都市迷子ですね」

「実際に昔よりも都市が曖昧になってきましたからね」

ダンジョンが発見されたら、スタンピードが起きないように探索者が集められる。

町を守るためにも探索者が住みやすい町で楽しいところにするために大都市計画がなされるらしい。

基本的にダンジョンの難易度に合わせて、発展する大きさも異なる。

その中でも一番人が集まるのは富士山がある静岡と山梨らしい。

以前、富士山はどちらの県のものかで言い合いをしていた人達も、今ではダンジョンをどっちが管理するのか言い合いをしている。

「畑の日記ちゃんねるは他の大都市から探索者を呼ぶきっかけにもなるから、宣伝をお願いしたんでしょうね」

客寄せパンダならぬ探索者寄せパンダというわけだ。

動画視聴者の大半は探索者だと聖奈は言っていた。だから、俺の宣伝が重要になるらしい。

そんな話をしていると、気づいたころには小嶋養鶏場に着いていた。

鶏の鳴き声が今日もたくさん聞こえてくる。

おじさんを捜すために養鶏場を覗く。

「おじさんいるー？」

「こんちゃ！」

ドリは鶏に礼儀正しく挨拶していた。

何にでも挨拶できる我が子はしっかりしている。

鶏もコケコケと鳴きながら頭を上下に振っていた。

挨拶をしているのがわかっているのだろうか。

一匹ずつに挨拶しては鶏が頭を下げていた。

「こんなところでどうしたんだ？」

おじさんは鶏に囲まれて何か作業をしていた。

「少し話をしにきたけど時間大丈夫？」

「おっ、これは俺に愛の告白か？」

「冗談は顔だけにして」

「はあー、つれないな。これでも俺はイケオジだと思うんだけどな」

俺はおじさんを無視して伝えたい要件を淡々と話す。

ダンジョン周囲の管理を任されたこと。

それに伴いこの周囲が発展する可能性があることを伝えた。

「あの頃の可愛い直樹はいなくなってしまったのか。まあ、この辺は昔からなにもないから良い変化かもしれないな」

おじさんが言うようにこの辺には遊ぶところが何一つない。

学校の友達と遊ぶにも、互いの中間地点まで移動するのに自転車で一時間以上かかった。

ここにあるのは俺の家と畑、それから離れたところにある小嶋養鶏場だ。

他には山々や川など自然しかない。

それでもおじさんや隣町の近所の方ともたまに会って楽しかった思い出がある。

「ここの良さを残したまま発展させないとダメだね」

現状ダンジョンがある山は国有地になっていた。

送ってもらったデータでダンジョン周囲の土地の所有者を見せてもらったが、ほとんど所有権が不明確な状態だった。

そこの土地を国と企業が買い取ることになる。

ダンジョンの存在を報告してから数ヶ月経っているのは、土地の所有権が誰のものか調べていたのだろう。

それだけ時間を要したってことだ。

さらに大都市になればある程度、俺のところにも土地を売ってほしいと企業から話があると説明された。

一部祖父母も知っているかどうかわからない土地もあったため、まずは祖父母に確認が必要になるだろう。

土地だけあっても管理はできないし、固定資産税でお金がかかってしまう。

元々畑を広げるために持っていた土地かもしれないが、まだ元々あった畑も管理できていないのが今の状態だ。

今のところ畑も四分の一程度使っていたら良い方だ。

それだけ土地が余っている。

野菜ができるサイクルがかなり速いため、広げる必要性が無くなったということでもある。

一番初めに作ったトマトでも普通であれば種まきから二ヶ月は時間が必要になる。

それがここで作ったトマトだと今では二週間前後でできてしまう。

簡単に言えば普通にできる量の四倍も採れることになる。

今の状態で元の畑と同じだけ野菜を作っているということだ。

畑の使用範囲を広げれば、きっとそこら辺の生産者よりも多く、様々な種類の野菜を作れる。

そして野菜が全然腐らないため、どちらかといえば収穫した野菜を管理する倉庫の方が今後は必要になるだろう。

あとはドリがいなくなった時を想定して畑をやっていくかどうか迷っていたが、この短期間でこれだけ稼ぐことができたら一生働かなくても済みそうな気もする。

「おじさんは何か意見ある？」

「んーやっぱり鶏達にストレスがかからなければいいかな？　って言ってもここの鶏は他の所よりタフだからな」

蛇を食べるぐらいなら相当タフな鶏なんだろう。

俺の家から小嶋養鶏場まで数キロメートルはあるため、実際にダンジョン周囲が発展しても十分に距離はあるから大丈夫だと言っていた。

「田舎の良さを残すってことは、今頃直樹ちゃんは田舎の良さがわかったってことか？」

おじさんは昔のように鶏を使って突いてくる。

俺もまけじと鶏を捕まえて仕返しする。

この距離感が昔は嫌だったのに、今では楽しく感じている。

「パパ！」

「ドリちゃん、それは返した方がいいわよ」

おじさんとの話が終わった頃にドリは鶏達に挨拶し終わったのか聖奈と戻ってきた。

「もらった！」

ドリの手には鶏の卵が握られていた。

鶏に挨拶をしている時にもらったのだろう。

「おぉ、ドリちゃんはコケコッコに好かれたのか！」

「コケコッコ？」

鶏が産卵するのは午前が多いため、この時間に卵が貰えることは珍しい。

本当に鶏に気に入られたのだろう。

「この時間帯に卵を貰えるってことは、将来は養鶏場の跡取りか？　ちょうど息子が――」

「俺の娘はあんなやつにやらないぞ！」

「ははは、あいつは直樹の幼馴染なのに酷い扱いだな」

俺の幼馴染はこの田舎では珍しいほど完璧な男だった。

勉強もできればスポーツもできる。

本当に目の前にいるおじさんの子供なのかと思うほどだ。

「ほら、ドリ達も帰るからな！」

とりあえず話は伝えたため、俺達はすぐ帰ることにした。

「あー、言うの忘れたけどあいつ戻って……ってもう帰ったか」

俺はこの時、おじさんの言葉の続きを聞きそびれて帰ってしまった。

五．配信者、新企画を始める

家に戻ってから、ドリがそのまま卵を持っていることに気づいた。

今その卵をどうするか家族会議をしている。

「これどうしましょうか」

「流石に焼くのも可哀想だよな……」

ちなみにあの時ドリを止められなかった聖奈も強制参加だ。

「昔自由研究で鶏の卵を孵化させてなかったか？」

「じいちゃんよく覚えているね」

小学生の時に孵卵器を自作して鶏の卵を孵化させたことがあった。

その時も幼馴染のあいつが同じことをやって、俺の自由研究と比べられた嫌な思い出しか残ってない。

俺より道具も少ないのに、綺麗にまとめられた自由研究に愕然とした。

幼少期の記憶と言ったら、幼馴染と張り合っていた記憶しかない。

「あれならそのまま置いてあるわよ」

「えっ？」

どうやら祖父母は大事に手作り孵卵器を残していたらしい。

祖母が押し入れに取りに行くと、当時のまま変わらずに保存されていた。

小さなプラスチック容器に温度計と湿度計。

そして、大きなプラスチック容器にはサーモスタットとヒーターが入っていた。

「本当にそのまま残っているんだね」

「直樹はすぐに忘れちゃうから、思い出は残しておきたかったのよ」

俺は子どもの時から記憶を失うことが時折あった。

そういうことがある度に忘れないようにと、小さな思い出も残る形にしていたのだろう。

嬉しそうに微笑む祖母の姿を見て、本当に良い祖父母に育てられたんだと改めて実感した。

「サーモスタットとヒーターもまだ使えそうだな」

電源を入れてみるとどうやらそのまま使えそうだ。

あとは温度計と湿度計の電池を取り替えれば問題ない。

孵卵器を使って卵から孵化した鶏は今でも覚えている。

初めて動物を飼ったのは、その時の鶏だったからな。

「パパ、パシャパシャは？」

「あー、動画のことか？　コケコッコの記録を残したいのか？」

「うん！」

どうやらドリは畑の日記と一緒に鶏の飼育日記も配信したいらしい。

畑作業も毎日することがそんなにあるわけでもないからちょうど良いだろう。

「鶏の飼育を見たい人っていますか？」

「ドリちゃんが世話をしているところなら私は見たいですね」

「ドリがやっているところですか？」

聖奈は俺に勢いよく詰め寄ってきた。

「はい！　私はドリちゃん推しなのでむしろ画面に映っているだけでも大満足です」

やはり聖奈は少し変わった人なんだろう。

ただ、俺もドリの可愛さを知っているため、否定はできないし、むしろ肯定派だ。

「ドリが良いなら早速始めるか？」

「うん！」

結局は畑の日記も畑ではなく、ドリを見に来ている人ばかりだ。

きっと鶏の飼育もドリがメインになるのだろう。

次の野菜を植える期間まで、二本立てでやっていくことにした。

ドリの希望でコケコッコの飼育日記を今から配信することが決まり、スマホを設置して動画配信を始める。

「こんばんは！」

挨拶をすると少しずつ視聴者が増えてくる。

チャンネル登録をしているからか、生配信が始まると同時に通知が来る仕組みになっているのだろう。

「今回はドリの希望で、ある配信を始めることにしました」

名無しの凡人　最近
おかえりー！
何が始まるんだ？

貴腐人様　最近
パパさんのドキドキカップリングかな？
それだとドリちゃんの企画じゃないか。

ハタケノカカシ　最近
これはみんなで畑のカカシを作ろうだな。
やっと出番が来るのかー。

犬も歩けば電信柱に当たる　最近
ちょ……電信柱はさすがに作れないよ。
そろそろ改名して〝ポテトも歩けば電信柱に当たる〟にしようかな。

幼女を見守る人　最近
ドリちゃんの企画ね！
ワクワクして眠れなくなりそうです。

様々な企画の予想が出ていたがどれもハズレのようだ。

鉄壁の聖女がコメントしないのも、知っててわざと言わないようにしているのだろう。

俺は早速大小のプラスチック容器を取り出した。

コメントの様子からして、みんなは何をやるのか気づいていないようだ。もし、わかる人がいたらそれは実際に孵卵器を手作りで作ったことがある人だろう。

「ドリ持ってきてー！」

「はい！」

ドリはスマホの前で敬礼して急いで卵を取りに行った。

潰すといけないと思ってチップスに預けていたらしい。

何かの影響でドリが強く握ったりしたら、すぐに卵は破裂する。

本能的に、母になるチップスなら安全だと思ったのだろう。
手に持っている卵をみんなに見せつけていた。
「コケコッコ！」
「実は近くの養鶏場から卵を頂きました！」

ハタケノカカシ　最近
コケコッコ！

桃色筋肉　最近
卵に転生したらパパさんに撫でてもらえるのかな？

未婚の母　最近
きっとすぐに目玉焼きにされて終わりだよ。

畑の日記大好きさん　最近
新たなチャレンジを応援しています！
料理企画かな？

鉄壁の聖女　最近

今日も可愛いです！

コケコッコの卵になりたいです！


同じ建物内にいるのに聖奈は隣の部屋から配信を見ているのだろう。

隣の部屋からずっと唸り声のような変な声が聞こえてくる。

「実は小学生の自由研究で一度やったことがあって、その時の道具を全て祖母が残していたんです」

「ウチ！」

「そう、コケコッコのお家だな」

道具と仕組みを一通り説明すると、早速手作り孵卵器の準備を始める。

ほとんどがセットするだけなので簡単だ。

湿度を保つための水と雑巾を置いて卵の下にタオルを敷く。

「卵に印をつけてね」

「ちるし？」

「卵をクルクルさせないといけないからね」

自動孵卵器ではないため、転卵させてくれる機能はない。

一時間に一回動かすのが望ましいが、そんなにはできないため数時間に一回転卵することにした。

その時にどれだけ回したか把握するためにも印をつける必要があった。

「じゃあ、あとはちゃんと成長するように祈るだけだな」

「だな！」

そんなに嬉しいのかドリはずっと孵卵器から離れようとしなかった。

卵をずっと眺めている。

すぐに孵化するわけでもないのに気になるのだろう。

「もう遅いから寝るよ」

ドリを抱えて布団に連れて行こうとしたら、ジタバタと抵抗している。

俺の腕からズルズルと落ちていき、最終的にはまた孵卵器から離れようとしない。

あまりにも孵卵器の前にいるため何かあるのだろうか。

「どうしたの？」

「のびのびまだ！」

あのおまじないは卵でも効果があるのだろうか。

そもそもこの卵は無精卵の可能性が高い。

有精卵でなければ卵は孵化しないため、残念な結果に終わるかもしれない。

可能性としてはそっちの方が高いが、孵化させることの難しさを学べるだろう。

初めから違うって言うのも可哀想な気もするため、追々説明する予定だ。

ドリがやりたいって言うなら、俺も一緒になっておまじないをかけることにした。

名無しの凡人　最近
久しぶりにあれが来るぞ？

孤高の侍　最近
拙者は準備できたでござる。
鉄壁の聖女　最近
私はいつでもいいわよ。
ハタケノカカシ　最近
すでに俺はやっている。
犬も歩けば電信柱に当たる　最近
上に同じく。
桃色筋肉　最近
夜にするのびのびっていいわね。
畑の日記大好きさん　最近
あなたが言うと全て卑猥に聞こえるわ。
パパを見守る人　最近

追放しますか?

何か小さな騒動が起きそうな気がしたが、俺達はそのまま続けることにした。

「せーの!」

「のびのびー!」

「のびのびー!」

ドリの掛け声と共に俺達は手を上に伸ばしながら背伸びをした。

「のびのびー!」

隣の部屋からも聖奈の大きな声が聞こえてきた。

祖父母が心配して起きてこないのかと思ったが、特に何もないようだ。

幼女を見守る人　最近

のびのびー!

パパを見守る人　最近

のっびのび!

畑の日記大好きさん　最近

のーびのびー!

オサレシェフ　最近
この配信はほのぼのしているな。
それにしても懐かしい孵卵器だ。

俺は配信終了を押してドリと共にベッドの中に入った。

「元気に生まれてくるといいね！」

「ねっ！」

さっきまで暴れていたのが嘘のようにドリはすぐに眠った。

相変わらず寝つきが良い。

俺もベッドに入るとすぐに眠気に襲われた。

六．配信者、今日も幸せな一日を過ごす

次の日にテレビをつけると防衛省を通じて、最高難易度のダンジョンが日本に一つ増えたことが報告された。

今までは有名な観光地にダンジョンがあったが、今回はただの田舎にできたことでより注目が集まっていた。

どこも大都市計画特集ばかりしている。

「これがダンジョン効果なのか……」

玄関を開けると周囲にはすでに探索者達がたくさん集まっていた。

明らかに今まで見たこともない人の多さに俺達は戸惑いを隠せない。

って言っても少し人が歩いているくらいだ。

そもそも家の周りに人が歩いていることなんてなかったからな。

「今日は祭りがあるのか？」

「いやいや、こんな鎧ばかり着た人の祭りって怖いよ」

さっきまで一緒にニュース番組を見ていたのに、祖父は人が増えた理由がわからないのだろう。

イーナカ探索者ギルドで見たことある人もいれば、全く知らない人達もたくさんいる。

「わしはポテトの散歩に行ってくる」

「人も増えたから遠くに行かないようにね。ポテト、じいちゃんをよろしく」

ポテトには祖父が変なところに行かないように、見張りをしてもらっている。

探索者もいるため魔物と間違えられないか疑問に思ったが、わかりやすく首輪をつけているから問題はないだろう。

俺は靴に履き替えてダンジョンがある方に向かっていくと、たくさんテントが張られていた。

まだ寝泊まりする場所もないため、テントで生活するのだろう。

「あっ、直樹さんおはようございます！」

テントが張られている場所の一角に一際大きなテントがあった。

そこには探索者ギルドで働く職員の女性が忙しく仕事をしていた。

「すごく賑わっていますね」

「まだ手をつけていない最高難易度のダンジョンだと、新しいドロップ品が出てくるかもしれないですからね」

探索者達がテントを張っていたところは、すでに探索者ギルドが土地を購入していたところらしい。

あのギルドマスターはすぐにこうなることを予測していたのだろう。

勝手に私有地にテントなんか張ったら問題になってしまう。

新しくできたダンジョンにたくさん人が集まるのは当たり前だが、その中でも最高難易度になると探索者であれば一度は訪れるらしい。

未開拓のダンジョンに未発見のドロップ品。

それだけでも探索者の心はくすぐられる。

一方、探索者になったばかりの俺は早くダンジョンが無くなってほしいと思ってしまう。

爆弾と一緒に生活したい人なんて誰もいないだろう。

「あら、パパさんおはようございます」

声をかけてきたのは直売所で野菜を買ってくれた綺麗な女性だ。

「お姉さんも探索者だったんですね」

「ええ、初めてお野菜をもらった時もギルドにいたでしょ？」

言われてみたらいつもギルドにいた気がする。

直売所に来てくれた時も、野菜が美味しかったからまた買いに来たと言っていた。

「そういえば、またお野菜を売ってくれないかしら？　良かったらダンジョンに持って行こうかと思ってね」

「野菜ですか？　それならお弁当とか作りましょうか？」

せっかくならお弁当を持って行った方が食べやすいだろう。

聖奈の分も作るのなら一つ作るのと二つ作るのではそこまで大差はない。

倉庫にある野菜を探索者ギルドに売りたいが、あれから話は進んでいない。

すぐには腐らないとは知っていても、なるべく食べた方が良いし売れる物なら早く売りたいのが正直な気持ちだ。

そろそろ梅雨明けが発表されるため、短期間で作る夏野菜と夏に植える野菜も準備しないといけない。

「お金ならいくらでも払うわ。とりあえず一〇〇万でいいかしら？」

帯付きの札束を鞄から取り出した時はびっくりした。そのまま一〇食分のお弁当を注文してきたのだ。

単純計算で一つ一〇万円もするお弁当を作れる気がしない。

「いや、流石にそんなにもらえないです」

「いいのよ！　お金はたくさん持っているから今後の費用に使いなさい」

そう言って女性はダンジョンの中に入っていった。

そのかっこいい後ろ姿に俺の目は釘付けになっていた。

美魔女でお金にも余裕があって、探索者をしている。

それだけで女の子のヒーローのようなものだ。

「あの人は貴婦人と呼ばれているSランク探索者で毒の魔法使いなんです」

きっと綺麗な花のような毒を扱う人なんだろう。

可憐さに虫達が寄っていくように、他の人達もダンジョンに入って行った。

「流石に早く仮設の建物を造らないといけないですね」

「ちゃんと休めないとダンジョン探索にも影響しますからね」

まずは小さな宿屋でも場所を提供できるところを造らないといけないらしい。

俺はすぐに家に帰って祖父母達と相談することにした。

「あっ、直樹さん私にもお弁当……ってもういない⁉」


「ただいま！」

「ご飯できているわよ」

家に帰ると散歩に行っていた祖父達も帰ってきていた。

聖奈も慣れてきたのか一緒に食べていても違和感なく感じる。

今日はダンジョン探索に行かなくてもよかったのだろうか。

「あっ、部屋って結構余っているよね？」

「ああ、直樹と私達、それに聖奈さんの部屋以外にあと五部屋はあるよ」

さすが田舎の一軒家。無駄に土地ばかりあるから家が大きいのも特徴的だ。

昔は収穫時期に泊まり込みのアルバイトが来ていたぐらいだから、その時の部屋がたくさん余っている。

「余っている部屋を民泊として貸し出すのはどうかな？」

「民泊？」

俺はダンジョンの前にテントがたくさん張られている状況を伝えた。

このまま人が増え続けたら、建物ができる前に家の前はテントだらけになってしまうだろう。

それに飲食店もないため、食事やトイレの問題も出てくる。

「ふふふ、なんか昔を思い出して楽しくなってくるわ」

「わしも現役の頃のように働けるのは嬉しいぞ」

どうやら祖父母はやる気満々のようだ。

一度視聴者にいる探索者に必要かどうか確認しても良いのだろう。

「実は私からもお話があるので聞いてもらってもいいですか？」

聖奈はスマホを取り出して俺に画面を見せてきた。

そこに書いてある言葉に俺は戸惑ってしまう。

「畑の日記ちゃんねるファンクラブってどういうことですか？」

俺がつくったわけでもないし、事務所にも所属していない。

知らない間に非公式のファンクラブができていたことになる。

配信者の中には事務所に所属している者も少なくない。

ダンジョン配信者も探索者というよりは芸能人に近い。

今度アイドルグループになるとか噂で聞いていたりするし、今はイケメン探索者を起用して、昔流行っていた異世界転移モノの実写ドラマも撮影している。

いつかはドリもアイドルデビューするのが良いかもしれないと密かに思っていた。

「ドリちゃんが誘拐されたのをきっかけに、ファンクラブができたんです」

みんなでドリの居場所を捜すために協力したコミュニティーがいつのまにかファンクラブになっていた。

そのままそこで俺達の情報が共有されることになったらしい。

今のところは身長、体重、足の大きさなど個人情報が出ているぐらいだ。

いつのまに身長と体重がバレたのだろう。

俺とドリが着ているオーバーオールもファンに特定されていた。

「それで何か問題にもなったんですか？」

「実は私がここに住んでいるのがバレてしまって、他のファンの子達も泊まりたいと話が出たんです」

聖奈は探索者ギルドから頼まれて泊まっていた。

探索者ギルドの依頼を終えたため、この家から出て行くか迷っていたらしい。

だから今日はダンジョンに行かず、家にいたのだろう。

ファンの中にも探索者がいる。

ギルドからの依頼が終われば聖奈だけ特別扱いされていると判断された。

「さすがに一般人が推しと住むのは申し訳ないですからね」

どうやら探索者として泊まるのは特に気にしていないようだ。

それなら聖奈をこのまま泊めさせる良い提案があった。

俺はドリに小さく囁く。

「ドリはネーネと離れたい？」

「イヤ！」

ドリは家の中で聖奈と遊んでもらうこともあり懐いている。

正直、大人が多い方が子育てしやすい。

家から離れる時にドリを連れて行ければ良いが、それがダメな時は祖父母に全て任せることになる。

祖母が認知症の祖父と子どもの面倒を見ることになると、一日でも負担が多い。

今後はギルド以外にも野菜を卸すことになったら、直接市場や店に野菜を運ばないといけない可能性も出てくる。

「なら聖奈さんに俺達から探索者として指名依頼を出そうか」

「えっ⁉」

ギルドマスターからは改めて魔石が必要になった時のために、指名依頼というものが存在すると言われている。

前に魔石をネット依頼した時に回線がパンクしてしまったらしい。

なるべく可能な範囲で指名依頼をお願いするようにと言われたのだ。

俺達なら視聴者に探索者がいるため、他の人よりも指名依頼もしやすい。

「依頼内容は定期的な魔石の確保とドリの遊び相手です。報酬は宿と食事付き。魔石の買取価額は時価相当だったら依頼になるよね？」

俺は試しにネット掲示板で打ち込むと、依頼としては受理できそうだ。

聖奈がいると我が家も明るくなるし、防犯係としてもかなり有能だ。

ボロい家でもテントよりは寝心地は良いから条件としても悪くないはず。

「受けて……聖奈さん⁉」

俺はスマホですぐに指名依頼の内容を登録していた。

「パパ！」

「ドリ、どうしたんだ？」

「メッ！」

ドリの顔を見るとなぜか怒っている。

視線の先には聖奈がいる。

俺はドリから聖奈に視線を移すと、その場でポロポロと泣いていた。

どうやら俺が聖奈を泣かしたと思ったのだろう。

目の前で女性が泣いたところを見たこともないため、俺もどうしたらいいのかわからない。

その様子を見て祖父母は笑っていた。

『ワン！』

ポテトを見るとチップスに抱きついていた。

視線でこうやったら良いと合図していた。

これは抱きつけばいいということなんだろうか。

「よかったら一緒に住んでください」

どうしたらいいのかわからず、その場で聖奈に後ろから抱きついた。

案の定、聖奈は泣き止んだようだ。

これで一安心できると思ったが、さらに問題が出てきた。

「いやー、ついに直樹に嫁ができたか」

「今日の夜はご馳走にしないといけないわね」

俺はゆっくり視線を下げると首元まで真っ赤に染めた聖奈がいた。

「あっ、いや……これはセクハラとかではなく――」

今の世の中、こんなことをしたらセクハラで訴えられてしまう。

ただ、離れようとした時にはすでに遅かった。

「ドリも！」

ドリは俺達の方に飛びついてきた。

俺と聖奈はすぐにドリを抱きかかえる。

『ワォーン！』

それに触発されたのか、ポテトとチップスも俺らに飛びついてきた。

これはどういう状況なんだろうか。

混乱する頭の中で必死に考えるが、答えは出てこない。

「よし、わしも交ざるか！」

「あらあら、私も仲間に入れてもらおうかしらね」

居間に大人四人と子ども一人。

そして犬が二匹抱き合っている。

気づいた時にはみんなで聖奈に抱きついていた。

「ここに来て幸せです。しばらくお世話になります」

わかっていることは今日も俺達は幸せな日を過ごしているということだった。

◇

「直樹は変わらないな」

仕事の休憩中に日課になった動画配信を俺は見ていた。

毎日一緒にいたのに、一度離れてしまうと遠くに感じてしまう。

それが大人になるということなんだろう。

俺が直樹を知ったのは、娘の百合が偶然にも動画配信の切り抜きを見ていたからだ。

それから娘は何かに憑りつかれたかのように、毎日直樹がやっている畑の日記ちゃんねるを見るようになった。

そんな直樹に俺はサプライズのコメントを残すことにした。

オサレシェフ　最近
ここで店を開くために帰るぞ。

あいつならこれですぐに気づくだろう。

あんな田舎に住んでいたのは俺達ぐらいしかいないからな。

むしろこれで気づかなかったら、ちょっかいを出してやろう。

どうせ昔みたいに嫌がるだろうな。

「店長、今お客さんいないので引継ぎの打ち合わせできますよ」

「ああ、今すぐ行く」

俺は動画配信の視聴をやめて、スマホをポケットに入れた。

書き下ろし番外編

配信者、ポテトの散歩に行く

俺は珍しく早起きをして動きやすい服に着替えていた。

ドリは俺が着替え終わるのを、体操座りをして待っている。

「でた？」

何が出たのかと思って周囲を見渡していると、俺のことを指さしていた。

「ああ、準備できたよ」

朝起こしてもらってから、ずっと俺の後ろをトコトコと付いて来ていた。

トイレに行くのも、顔を洗うのもずっとべったりとくっついている。

「先にポテトのところに行っておいで」

「うん！」

満面の笑みを浮かべて、ドリはポテトの元へ走って行った。

「そんなに楽しみにしてたのか」

今日はポテトの散歩に一緒に行くことになっている。

以前からポテトの散歩に一緒に行くと約束していたが、ずっと断っていた。

基本的にポテトの散歩は祖父が健康のために行ってくれている。

それにドリも一緒に付いて行きたかったのだろう。

祖父だけではポテトとドリの面倒を見るのは大変だと思い、ドリには留守番をしてもらっていた。

急いで俺も階段を下りていく。

「直樹、まだ準備が終わってないのか？」

「俺ならもう大丈夫だぞ」

俺以外は毎日早起きをしているから問題ないのだろう。

早起きが苦手な俺にとって散歩は苦行でしかない。

「体操してからいくぞ」

「はーい！」

ドリに付いていくと、ポテトもいつものように二本足で立ち上がり待っていた。

「ラジオ体操第一！」

「はーい！」

『ワン！』

みんなの元気な姿を俺はただただ座って眺めていた。

そんな俺を二人と一匹はジーッと見ていた。なぜか俺と目が合っている気がする。

「おい、直樹も参加するぞ！」

「えっ……俺もするの？」

「パパ、ちぬよ？」

まさかのドリの物騒な言葉に驚いた。

そもそも散歩だけで死ぬって、今からどこにいく気だろうか。

運動する気のない俺にポテトが寄ってきた。

何かあったのだろうかと見ていると、突然キラリと歯が光る。

あっ、これはもしかして――。

『ガブゥ！』

「痛ってー！」

そう思った時にはすでに遅かった。

ポテトは俺の頭をガジガジと噛み出した。

相変わらず俺には容赦なく噛みついてくるのは、何かあるのだろうか。

「直樹がラジオ体操しないって言うからだぞ！」

「そうだ！　パパちぬよ？」

『ワン！』

これは体操しないとポテトに噛まれて死ぬということだろうか。

ポテトはしばらく噛んで満足したのか、俺のもとを離れて祖父の隣に戻った。

みんなして早くこっちに来いと見つめてくる。

俺は渋々立ち上がりドリの横に移動した。

「よし、ラジオ体操第一！」

掛け声とともにラジオ体操が始まった。

「のびのびと背伸びの運動から」

「いち、に、さん、し」

『ワン、ワン、ワン、ワン』

ポテトも強弱をつけて掛け声をマネしている。

まあ、一としか言えていないから結局何を数えているのかわからない。

「その動きはどうなってるんだ？」

俺もみんなのマネをして動かしてみるが、明らかに動きについていけていない。

普通は手を上げてぐるりと回すのがラジオ体操第一の始めのはず。

だが今見ているラジオ体操は倍速――。

いや、四倍速ぐらいの速さで動いている。

「最後に」

「のびのびー！」

『ウォーン！』

いつのまにか両手を大きく伸ばしてラジオ体操が終わっていた。

「直樹、せめてのびのびはしないとあかんぞ」

「あきゃんぞ！」

『ワン！』

みんなに見られていたらやるしかないだろう。

マネをして大きく手を上げて背伸びをする。

あっ……これはダメなやつだ。

「足を攣《つ》った」

思いっきり体を伸ばした瞬間に足に激痛が走る。

どうやらふくらはぎを攣ってしまったようだ。

俺はその場で座り込み、必死にふくらはぎを伸ばしていく。

起きたばかりの俺にとってラジオ体操は難易度が高かった。

「直樹はまだまだだな」

「まだまだ」

『ワン!』

なぜか今日に限ってみんなで俺を煽ってくる。

しばらくすると痛みが落ち着いてきた。

「よし、散歩にいくぞ」

「あれ? じいちゃんリードは付けなくていいの?」

「ああ、今はいらないぞ」

前はポテトが二本足で立ち、リードを首につけるのではなく、自分で持って離れないように散歩していた。

それが普通だと思っていたが、よくよく考えてみたら、まるで祖父がポテトに散歩されているようだった。

ポテトも好きなように歩きたかったのか、いつの間にか使わなくなったのだろう。

『ハァー』

どこか呆れた表情のポテトを見ていると、少しムカついてきた。

さっきのため息も絶対俺のことを見てしていた気がする。

一緒に住むようになってから、本当に犬なのかと疑うほど、表情が豊かになってきた。

「直樹はゆっくり歩くんだぞ」

「だじょ!」

『ワン！』

ここまで気を使われたら俺も負けてはいられない。

畑作業で培ってきた筋肉を舐めてもらっては困る。

「みんなで競争だ！　よーい、ドン！」

大人気《おとなげ》ないと思いながらも俺は走り出す。

散歩を早く終わらせて俺もゆっくりしたい。

だが、予想外の事態が起きた。

「パパ、おしょい」

『ワン！』

ドリとポテトが圧倒的な速さで、一瞬にして俺を追い抜いて行ってしまった。

やっぱり若い子は俺よりも元気なようだ。

さすがに祖父には負けていないと思い、隣を見ると横並びに祖父は走っていた。

「じいちゃん腰は大丈夫なの？」

「ああ、これぐらい朝飯前だ！　じゃあ、先に行くぞ！」

「えっ……」

祖父は俺を置いてドリとポテトを追いかけていく。

本当に老人かと思うほど、祖父は速かった。

すでに息を切らしているのは俺だけだ。

走り始めた俺が悪いのだが、結局散歩と言っていたのに置いていかれてしまった。

普段の散歩コースは小嶋養鶏場の奥にある山の手前まで行って帰ってくるコースだ。

徒歩で移動すると片道三〇分以上はかかるだろう。

「なんか学生の頃にやったマラソン大会みたいだな」

田舎だからできた行事なんだろうと今になっては思う。

あの時はみんなで笑いながら走ったが今は誰もいない。

なぜ俺は一人で畑の横を走らないといけないのだろう。

「おっ、直樹が四位なのか？」

ちょうど養鶏場の横を通り抜けたタイミングでおじさんが声をかけてきた。

「ドリ達に付き合わされたのに置いていかれたよ」

「ははは、いつもじいちゃんとわんこは元気だからな。三往復ぐらい朝からしてるぞ」

「へっ⁉」

疲れているせいか、おじさんがわけのわからないことを言っているような気がする。

片道だけですでに疲れているのに、何回も往復はできるはずがない。

それにそんなに祖父は体力がないはずだぞ。

「パパー！」

「おーい、直樹頑張れよー！」

おじさんと話していると、かなり遠くから俺を呼んでいる声が聞こえてきた。

どうやら折り返し地点で待っているのだろう。

「おじさんまた今度ね」

「ああ、直樹も頑張れよ」

俺はドリ達のところへ向かって再び走り出した。

「はぁ……はあ……」

山の手前に着くと息をするのもやっとなほど息苦しい。

涼しげな顔をしたドリと祖父が俺を待っていた。

『ハァー』

ただ、あの犬だけは俺の顔を見てため息を吐いていた。

「相変わらずムカつく顔しやがって」

挑発的な笑みを浮かべるポテトの顔を俺も負けじと引っ張る。

頬が柔らかいのか思ったよりもびよよーんと伸びていく。

「おおおお！」

あまりにも柔らかい頬に俺は感心していた。

だが、それも短時間だった。

『ガブゥ！』

恒例かのようにポテトが俺の頭にかじりついてきた。

相変わらず甘噛みなのもポテトの優しさだろう。

それにしても折り返さずに何かあったのだろうか。

「パパー！　いく！」

「ん？　どうしたの？」

ドリは山の中を指さしていた。

行くって生い茂った草木が生えている山の中を言っているのだろうか。

「さっきからドリが山の中に入りたいってずっと言っていたから直樹を待ってたんだ」

その言葉を聞いて俺は体が震えてきた。

散歩だと思ったのがランニングになり、さらにはハイキングになっていた。

さすがに俺の体力は持たない気がする。

「ヤーヤー？」

「んー」

「ヤーヤー……」

ドリはだんだんと目に涙を溜めてウルウルとしていた。

嫌かと聞かれたら嫌だが、子どもにおねだりをされたら拒否はできないだろう。

最悪俺だけでも途中で帰ろうかと悩んでいると、ポテトは俺の方を見ていた。

『フンッ！』

目が合うと鼻で笑われた。

「おいおい、今俺を見て笑っただろう。ああ、わかったよ！」

そこまで煽られたら中に入らないわけにはいかない。

俺はどんどんと山の中に入っていく。

「ポテありあと！」

『ワン！』

振り返るとドリ達は何かを話しているようだ。

「おーい、早く来てくれよ！」

「はーい！」

俺が呼ぶと急いでドリ達が来てくれた。

「なんだ、直樹怖いのか？」

「そんなことない！」

『クゥーン？』

祖父とポテトはニヤニヤしながら俺に近づいてきた。

何を話しているかはわからないが、ポテトの顔を見るとからかっているのは俺でもわかる。

さすがに俺一人で山の中を歩くのは怖いが、成人した男性がすぐに〝うん〟とも言えない。

「おっ、熊だ！」

「ひいいぃぃぃ！」

俺は近くにいたポテトとドリをすぐに抱きかかえた。

熊が出たら少しでもバレないように逃げないといけない。

「ははは、嘘だぞ」

「へっ⁉」

祖父も俺をからかって遊んでいた。

腕に抱かれているポテトも手を叩きながら、大喜びしている。

祖父とポテトは似たもの同士なんだろう。

ただ、この辺は本当に熊や猪が出てくるため、油断していたら命取りにもなる。

「じゃあ、散歩するか」

「うん！」

『ワン！』

そんなことも気にせず、二人と一匹は奥へとどんどん進んでいく。

山の中に入ったのは小さい頃に幼馴染と遊んだ時以来だ。

「ドリ、転ばないように気をつけてね」

管理されている道ではないため、木の根が飛び出ており、草木も引っかかって足場が悪い。

「あっ……」

そんなことを言っている俺が、すでに転びそうになっている。

走った影響もあり、普段よりもバランスが取りにくい。

こんなところで怪我でもしたら大変だ。

『ハァー』

そんな俺に仕方ないなという顔でポテトがやってきた。

「どうしたんだ？」

『ガウ！』

ポテトは俺に手を差し出した。

掴めということだろうか。

俺はそっとポテトの手を握る。

ムニムニとする肉球がなんとも言えない気持ちよさを感じる。

ついつい肉球の感触を味わっていると、ジーッと見られていた。

「ああ、ごめん」

すぐに手を離すと、再びポテトが俺の手を握ってきた。

思ったよりも飼い主思いの紳士的な犬のようだ。

「ドリも！」

気づいたらドリも俺の反対側の手を握っていた。

みんなが転ばないように心配していたはずが、いつのまにか俺が心配される側になっていた。

祖父を先頭に歌を口ずさみながら山の奥までしばらく歩いていく。

「のぼろーのぼろーやーまをのぼろー」

「のぼろー」

『ワォーン』

「登った先には何があるー」

「何がある」

「あっ」

「あっ」

「ドリがいた！」

ドリの方を見るとにこやかに笑っていた。

即興で作った歌だがどうやら反応は良いみたいだ。

「のぼろーのぼろーやーまをのぼろー」

「のぼろー」

『ワォーン』

「登った先には何があるー」

「何がある」

「あっ」

「あっ」

「ポテトがいた！」

『ハァー』

「おいおい、ため息つくなよ」

相変わらずポテトは俺に対して厳しい。

「ポテ、メッ！」

それに対してドリはポテトに怒る。

ただ、今のため息は完全に歌のセンスの無さに出たやつだろう。

俺へのダメージは思ったよりも大きいぞ。

「おっ、そろそろ見えてきたぞ！」

だんだんと見晴らしが良くなり、少し上の方まで登ると畑が見えてきた。

あるのは森田家と小嶋家。それに畑と養鶏場だけだ。

上から見てみると、周囲に何もないのがわかる。

「これからあっちにはたくさんお店が出来てくるぞ」

「たのちみ！」

『ワン！』

きっとダンジョン都市が発展すると景色も変わるだろう。

この景色をみんなで見られるのもこれが最後かもしれない。

そう思うと疲れも少しずつ取れてくる気がした。

「じゃあ、そろそろ帰ろうか」

俺達は登ってきた道をそのまま戻ることにした。

——ガサガサ。

草木が生い茂ったところから、何か大きいものが動いている気がした。

「パパ？」

「熊か⁉」

冷や汗が額から静かに流れていく。

隙間からは黒色の丸い耳が飛び出ているのが見えた。

俺はドリとポテトをすぐ抱える。

「じいちゃん、すぐに下りるよ」

俺は静かに移動するが、そうはいかなかった。

「キャハハハハ！」

『ワォーン！』

「シィー！」

きっとドリとポテトは遊んでもらっていると思っているのだろう。

俺は死ぬ気で山を下りていく。


「聖奈さんは一人でよかったのか？」

「ええ、推し活はひっそりやるのが醍醐味なんです。それに今日は熊なんです」

「ははは、本当に熊そっくりだね」

聖奈が熊に変装して隠れていたのを知っているのは祖父だけだった。

あとがき

この度、書籍を手に取っていただきありがとうございます。

はじめまして、ｋ・ｉｎｇ（キング）と申します。

ウェブ小説から知っている方は、ここまで付いてきてくださりありがとうございます。

少し近況報告と自己紹介をさせてください。

最近コンビニエンスストアでポットの使い方を丁寧に教えてもらった医療従事者です。

給水と言われたら、中心を押すというわけのわからない思い込みで、いつも蓋が開いてアワアワとしていました。店員に感謝です。

そんな私は元々本を読むのが苦手で、文章を書くのも苦手な学生時代を過ごしてきました。

現代文のテストでは、筆者ではないのであなたの気持ちはわかりません。と解答用紙に書くくらいです。

仕事でサマリーという文書を書くことが多いので、文章が全く書けないことに焦りを感じました。

まずは文章を書くところから始めようと、練習として始めたのがウェブ小説です。

もちろん読むのも書くのも苦手な私は、ＰＶ０は当たり前。

ただ、性格上色々なことを始めるのが好きで、書籍化作家の先生がやっているＳＮＳで情報を集めたりして、ウェブサイトのランキングで日間一位を取れるようになるとは、当時は思ってもいなかったです。

そんな私が今回TOブックス様よりお話を頂いた時は大変驚きました。

その理由は、唯一最後まで読めた『本好きの下剋上』と同じ出版社だったからです。

先ほどお話ししたように、本を読むのが苦手で初めて最後までしっかり読めたのが、本好きの下剋上でした。

同じ出版社で私も活動したい。そんな思いから引き受けることにしました。

もちろん書籍化作業は大変で、特に校正作業には手こずりました。一冊読むのにとにかく時間がかかるんです。

何度も同じ文章を読んでいたりして、「あれ？　この話ってループものだっけ？」ってなるほど。

そんな未熟な私を支えてくださった担当編集の宮尾様や校正者様、校閲者様に助けていただきやっと完成することができました。

そして、イラストを描いてくださったπ猫R様の力で、さらに魅力的な作品へと進化しました。

イラストを見た瞬間、一人で悶えて叫んでいたのが、最近のように感じます。

さて、この作品ですが、テーマとして『差別のない世界』を目指しています。

様々な人が毎日頑張っている世の中。

そんな人達が少しでも『のびのび』とできる作品を提供したいと思い執筆しています。

少しでも体の力を抜いてのびのびできたでしょうか？

はじめはウェブで流行り始めていた、ダンジョン配信を書くつもりでした。しかし、話が進むにつれ、ダンジョンに行くのを忘れるというミス。ならとことんスローライフをしようという思い付きで、物語ができました。

今後も様々な人達が関わっていき、ほのぼのとした森田家がスローライフをしていきます。

コミカライズ、二巻の企画も進み、今後の展開も楽しみにしていただけたら嬉しいです。

もちろん楽しんでいただける作品になるように、今後も精一杯頑張りたいと思います。

最後にこの作品に関わって頂いた全ての人達や読者様が、明日も頑張れるようにｋ－ｉｎｇは応援しております。

『のびのびー！』

▷▷▷▷▷▷

デザイン

[漫画] うさのあや

[原作] k-ing

[キャラクター原案] п猫R

「ドリってドリアードなのか？」

直樹

▷▷▷コミカライズ

巻末おまけ

キャラクター大公開!!!

「パパ、だいちゅき!」

「はあはあ、ドリちゃんかわいい」

聖奈

◁◁◁◁◁◁

うさのあや先生コメント

第１巻発売本当におめでとうございます!!
コミカライズ版を担当させていただけて光栄です。
可愛くてあったかいドリちゃん達の日々を
皆様にお届けできるよう精一杯
頑張らせていただきます、
どうぞよろしくお願いいたします。

祖母
「私は家族が元気ならいいわ」
祖父
「直樹の好きなように生きればいい」
続報をお待ちください!

久しぶりだな、直樹！
幼馴染の突然の帰郷に驚く中——
直樹を巡る
ライバル出現に
コミカライズ企画進行中！
畑で迷子の幼女を保護したらドリアードだった。
2
～野菜づくりと動画配信でスローライフを目指します～
著＝k-ing
illust.＝n猫R

2024年小説第2巻発売予定！

出来損ないと
呼ばれた元英雄は、
実家から追放されたので
好き勝手に生きることにした
テレ東・BSテレ東・AT-Xほかにて
TVアニメ絶賛放送中!

没落予定の貴族だけど、
暇だったから魔法を極めてみた
I am a noble about to be ruined, but reached the summit of magic because I had a lot of free time.
アニメ化決定!!
「イラスト」かぼちゃ

NOVEL

［イラスト］かぼちゃ

原作小説❶〜❽巻好評発売中！

シリーズ累計75万部突破!!!（紙＋電子）

COMICS

［漫画］秋咲りお

コミックス❶〜❽巻好評発売中！

最新話はコチラ！

SPIN-OFF

［漫画］戸瀬大輝

「クリスはご主人様が大好き！」コロナEXにて好評連載中！

最新話はコチラ！

STAFF

原作：三木なずな『没落予定の貴族だけど、暇だったから魔法を極めてみた』（TOブックス刊）
原作イラスト：かぼちゃ
漫画：秋咲りお
監督：石倉賢一
シリーズ構成：高橋龍也
キャラクターデザイン：大塚美登理
音楽：桶狭間ありさ
アニメーション制作：スタジオディーン×マーヴィージャック

詳しくはアニメ公式HPへ！

botsurakukizoku-anime.com

畑で迷子の幼女を保護したらドリアードだった。
～野菜づくりと動画配信でスローライフを目指します～

2024年5月1日　第1刷発行

著　者　k-ing

発行者　本田武市

発行所　TOブックス
〒150-0002
東京都渋谷区渋谷三丁目1番1号　PMO渋谷Ⅱ　11階
TEL 0120-933-772（営業フリーダイヤル）
FAX 050-3156-0508

印刷・製本　中央精版印刷株式会社

ISBN978-4-86794-165-2